GAEA

Gaea

終結

しゅうけつ。

因與聿案簿錄 八 完

護玄——著

終結

因與聿案簿錄 八

目錄

人物介紹

虞因

大學生，有自然捲，髮色大多時間是褐色的(萬年染色款)。性格愛玩有點衝動，經常和同學出入夜店與夜遊，不過遇到正事時又很沉得住氣。有陰陽眼。

少荻聿

高中生，黑直髮紫色眼睛。皮膚白皙，有外國血統。因為家裡發生滅門慘劇受到很大打擊，變得不願／不能說話，但是個性細心，在語言方面很有才華。

虞夏
虞佟的雙生兄弟，阿因的二爸。警員，脾氣非常暴躁但辦事效率極佳，指著他叫小鬼必定會被揍。目前在刑事組任職，幾乎整年都在跑現場查案。
虞佟
阿因的父親。警員，黑髮娃娃臉(有著高中生般的面孔)脾氣非常溫和，擅長烹飪，因為曾經重大車禍關係所以視力衰弱。
嚴司
撈過界的法醫，暫時到本市警局支援法醫工作。興趣是遊玩人間，不過經常加班趕工沒得玩。

他沉到水裡。

男人的聲音、女人的聲音，吵雜著像是蜘蛛網般糾結成了一片。

再怎樣安靜的空間裡都無法擺脫。

那些聲音像是詛咒般迴盪在任一個可能存在的地方。

過去，可能很美好。

寂靜的空間中繚繞煙霧，然後緩緩地從細小的窗口與排水管散逸出去。

乾嘔、窒息、暈眩，甜膩的味道滲入每一吋肌膚，沒入血管，隨著血液浸透了細胞。

如果不愛我，爲什麼要找上我？

吼聲、撞門聲，濃膩的血腥氣息。

由外鎖上、那扇不可能再打開的門，彷彿封死了他所有感知。

他靜靜地沉入水中。

一切……這樣就好了吧……

那天其實下著雨。

片刻的，就如那個季節偶爾會有的天氣。

「就是這間啦，一定是出事了，昨天晚上發出很大的吵架聲和慘叫，結果就再也沒有看見這戶人家出來了。」

頂著細雨，因爲常常被吵鬧聲驚擾的鄰居拉著轄區員警，細細抱怨著那戶人家經常打小孩、女人，有時還發出恐怖的聲音，造成附近居民不安，但這次很異常，昨天慘叫過後，今天整幢屋子靜得離奇，反而讓他們覺得更加奇怪了。

「警察先生，快點開門看看是怎麼回事。」

站在獨棟房屋的門口，隱約嗅到異味的員警皺起眉，似乎也覺得不對勁。

敲了幾次門都沒回應後，他檢查了門窗，發現幾乎都已上鎖，門板下方甚至可以看見一點點毛巾或是某種布料的東西，像是被屋內的主人刻意堵住，連點細縫都不留。

讓員警感覺到怪異的是，屋內的燈是亮著的。

下午的天空其實還算亮，但是從毛玻璃的窗戶中隱約透出了日光燈的光，以及印在窗玻璃上那枚已經開始變色的血手印。

「開門！快開門！」重重拍打大門，感覺到不對勁的員警立即回報中心，然後和幾個鄰居合力撞開大門。

瞬間，濃烈得讓人頭暈噁心的腥臭味撲面而來——

那是混著血腥的汽油味。

一個男人全身濕漉漉地走出來，沾染血跡的面孔露出了異常的陰森笑容。

他張開了嘴，黃牙清楚可見，「再見。」

下一秒，大火從男人身上熊熊燃燒。

□

「嘔——」

虞夏冷眼看著五分鐘內跑去吐的第三個人。

「要吐的給我滾出去！」看著還勉強站在屋內但是臉色發青到最高點的其他人，他終於抓狂暴吼，接著眞的就有兩、三個人鼓著嘴巴衝出去，乾嘔聲從外面此起彼落地傳來。

他踏在遍是暗赤色的地面上。

「唉呀，眞是糟糕的現場。」從封鎖線外走進來了不隸屬於他們小隊的支援者，他壓了壓帽子後繞過地面上的焦痕與兄弟並肩而立，「局長剛剛交代這案子要把媒體壓下來，太過血腥。」

看著自家臉色都沒變的兄弟，虞夏點點頭。

離他們最近的，是一隻手，只有一隻手。

斷臂的切口處有些斑斑點點的東西，血液早已凝固，就像鋪滿了地面的那些腥紅一樣。

看著幾乎都跑出去吐、沒什麼用處的同僚，他再度把視線轉回了現場。

地面上散落了幾把扭曲變形的菜刀，全都沾滿血跡，而曾經被稱爲人類的殘軀歪七扭八地躺在房子各處，有男人、女人，以及可能是他們孩子的年輕人。因爲屍體有多處殘缺，所以目前仍無法確認遇害人數。

「老大，送去醫院那個自焚的人死了。」從外面傳來喊聲，還在抹嘴巴的員警一看見屋內慘樣，又鐵青著臉轉開頭。

如果不是親眼所見，真的很難想像有這種可怕的死法。

不管男人、女人或小孩，每張沾滿血的面孔上都有著死亡那瞬間的強烈驚恐，圓瞪的眼睛以及想要哀號而扭曲的面容，像是要穿透皮膚而賁起的筋還凍結在那狀態，擴張的毛孔被開始乾涸的血液堵塞，早已不再跳動的心臟被人挖出來丟棄或者亂刀搗爛。

曾經美麗的女孩身體以不自然的方式掛在破碎的沙發上，肚子中被扯出的臟器流滿一地，纏住了她的下半身。

想要爬上樓梯逃走的男孩被切斷了腳踝，另一隻腳的後腳筋幾乎被剁碎，唯一完好的手死死抓著樓梯邊的欄杆，驚愕的面孔彷彿還在感受最後的痛苦，並將之一起帶進地獄般。

最小的孩子似乎還不到國中的年紀，穿著染血的可愛洋裝，腦袋側斜，只剩一半。

屋裡所有東西幾乎都被砸得破碎，沒有幾處完好，就連梁柱都似乎被過於強悍的暴力砍出痕跡。

而很有可能造成這一切的人，不久之前，在員警與民眾面前活生生自焚死亡了。

「唔——」

「玖深你給我進來！」虞夏頭也不回，冷冷地喊住才進門就想轉頭逃逸的鑑識人員，「你不是看過更恐怖的嗎？」

被旁邊的同事推了推，苦著一張臉的玖深害怕得抓緊了自己的工具箱，僵硬地轉過身，「我、我今天負責外面行不行？這種阿柳比較會做啦……」太超乎尋常的東西他實在沒輒，尤其是這種異常的殺人案件，他見到死者害怕的表情都會有種……好像自己也可以透過他們感覺到驚恐一樣，眞的不行。

「玖深今天和其他人做外組啦，調來的人手很多，屋子裡就交給我們吧。」站在旁邊的阿柳連忙打圓場，在虞夏發難前，趕緊調入了更多的鑑識員警進入蒐證。

這是一件駭人聽聞的事件。

警方罕見地拉起了遮蔽布幕擋住所有門窗，讓民眾和媒體無法窺見屋內景象。

「夏，你過來看這個。」

招呼著正在巡看現場的人，和阿柳一起蹲在客廳邊廁所的虞佟用戴著手套的手輕輕叩了叩有些變形的門板，「鎖得很死。」

一進屋，他們就發現這間廁所門外加了很多鎖，有的安裝的手法工整，有的卻很隨便粗糙，一眼就能判斷是在不同時間裝上的。

「排氣口被撞壞了，看破壞狀況應該是從我們這邊往內踹壞的，門上有幾個鞋印。」指點著門上的異狀，阿柳疑惑地瞇起眼，「裡面……好像有水聲耶？有誰在裡面嗎？」後面這句他是用喊的，然後重重地拍了兩下門。

這次連站在旁邊的虞夏都聽見了。

細小的水流聲從扭曲的門板後傳來，水流不停流入排水孔的呼呼空洞聲。

「有沒有人在裡面？請放心，我們是警察，已經沒事了。」試著把聲音放軟，虞佟輕輕拍門，「我們現在就打開鎖，不要害怕……」

話還沒說完，虞佟突然感覺自己被往後一扯，連旁邊的阿柳都一起被拉得跌到一旁。

「閃邊！」

說時遲那時快，轟地一聲巨響讓屋裡屋外的員警、鑑識人員以及剛到的檢察官全都轉頭注意這邊……那扇飛出去撞到馬桶的門板。

「老大——不是說不要破壞現場嗎……」玖深的悲號傳了進來。

帶著鎖一起飛出去的門叩咚了一聲發出最後的哀鳴，滑到馬桶邊，安息。

無視於滿室驚嚇、無奈的目光，踹飛門的虞夏踏進了浴室。

第一個感覺是浴室內相當陰暗；透氣的小窗外有鐵窗，窗面上又貼了黑色隔熱紙，加上沒有開燈，讓這個空間格外黑暗。

細微的聲音從虞夏腳下傳來，他低頭便見到整間浴室都積滿了水，那些水則是從旁邊的浴缸滿溢而出，遮住另一半空間的浴簾後面還有不斷注水的聲音。

「誰在這裡！」

唰地一聲，印有小小花朵的藍色浴簾被用力扯下。

在那一刻，虞夏以爲又是一具屍體——

溢滿的浴缸中沉著一個人，在黑暗的浴室中難以分辨模樣，只是體型不大，很有可能不是成人。

站在後面的虞佟打開了電燈。

浴室重新塡滿光明的那一秒，他們看見了比正常規格還要大一些的浴缸中沉著個男孩。

「……拿條毛巾什麼的過來。」關上了水龍頭，虞夏踩過了滿是水的地板，慢慢在浴缸邊彎下身。

他的手探入水中那瞬間突然被抓住，然後一雙紫色的眼猛然在水中睜開，帶著淡淡的疑惑，隔著水望著他。

虞夏第一次在現場遇到這種狀況。

「還活著！快點把他抱出來！」虞佟的聲音驚醒了發呆中的兄弟，「這裡有倖存者，快點叫救護車！」

他們合力把沉在浴缸中的男孩給抱出來，好幾個員警不斷拿來向鄰居借的浴巾、毛巾，包住了冰冷得像屍體一樣的唯一活口。

四周鬧哄哄的。

毫無表情的男孩沒有鬆開手，事不關己般，任由身邊的其他員警將他護著、拉著，紫色的視線落在虞夏和虞佟臉上。

「救護車在外面了，可是……」讓救護人員衝進來會破壞現場。

員警的話沒有全都說完。

沒有多想，虞夏一把抱起了裹著大毛巾的男孩就往外跑，還不忘用毛巾覆住男孩的頭以免被記者拍到。

「失溫得很嚴重，得馬上送醫。」

和急救人員打過招呼後，虞夏正想轉頭叫人一起去醫院，卻立刻發現自己的手腕還被人緊緊地抓住。

那隻冰冷異常的手執拗地不肯放開，虛弱的手指使出了全力，幾乎陷入他的皮膚。

「虞警官？」相熟的急救人員露出了為難的表情。

「……我跟你們一起到醫院。」

那是，一切的開始。

1

他從安靜的睡眠中睜開眼睛。

幽靜無聲的空間裡似乎連灰塵飄落的聲音都清清楚楚。

自窗簾中透進的微光在地上拉出了一條淡淡發亮的線，線的盡頭爬上了牆邊的小桌，映亮了擺在上頭的物品。

手機、書本和相框。

夏天時，去南部時的相片；過年時，去年貨大街拿氣球時的相片，還有不久前，趁著天冷及大家都休假在家裡召開火鍋大會時的相片。

因爲只有一個相框，所以還有更多的照片被塞在後面，隨時會輪替到。

手機的時間往前跳動了一分鐘，門外的走廊出現了輕輕的腳步聲響，細微得幾乎不可聽聞。每天天剛亮時就會有人先起床，走過家裡各人的門口，接著下樓替所有人準備一日的開始。

還有五分鐘。

閉上眼，他回到了黑暗裡。

他已經不是從冰冷的水中醒來，也不是在吵嚷中沉睡，空氣中沒有詭異的甘甜氣味，胸口不會無時無刻漲滿了幾乎要爆裂出來的情緒。

半敞的窗外只帶進來一點點植物的氣息，那是每個人窗外都會種植的花草。

輕輕地呼了口涼涼的空氣，猛然翻開身上的棉被，幾乎會刺人的低溫很快就把腦袋裡剩下的睡意一掃而空。

「……啾……」

果然還是會打噴嚏。

舒展了下筋骨，他從柔軟的床上離開，從桌上拿起讀到一半的書本，小心翼翼推開房門，還在沉睡的走廊上似乎可以聽到其他房間裡傳來的規律呼吸聲。

踏在微涼的地毯上，他順樓梯往下，才剛走到廚房外面就聞到了香香的氣味。

「欸？小聿？不是說冬天不要那麼早起嗎？也不拿件外套，小心感冒。」如同往常般正在廚房準備早餐的屋主一看到他就頓了下，脫下了身上還帶有些許體溫的薄外套幫他穿上，

「快好了，你在這邊等一分鐘。」

一分鐘後，他腋下夾著書本，雙手握著有熱度的杯子往客廳走。

手上隨著腳步搖晃的液體有著讓人放鬆的香味，內容物經常不同，有時是熱牛奶、有時是可可、有時是奶茶……或是像現在一樣泛著漂亮金黃色的濃湯。

鮮少這麼早起的其他兩人可能很少嚐過清晨的特別飲料。

幫大家準備早餐的屋主會給自己先沖杯什麼來醒神，然後才開始製作餐點。夏天的時候因為太熱了，他早起下樓還嚐到了特製的碎冰水果茶，這是另外兩個人沒有的，連早餐的湯和飲料都不同。

在客廳沙發邊坐下，開了電視，跳過幾個頻道後停在新聞台上。

如同平日般，螢幕上播報著各種不同的新聞，大多是清早快訊，例如昨夜哪邊失火、哪邊夜半被偷竊，或是哪邊又發生飆車族砍人、哪裡出現了暴力脅迫事件。

案件逐日增多。

他記得虞因曾經抱怨過，幾年前他家兩個老爸工作還沒有這麼繁重，但是隨著時間推移和時代變化，加班幾乎已經是家常便飯。

年輕一代的孩子大半難以教導，有時還會被質疑教導過當，逐漸劣化的環境同樣腐蝕著原本就不怎樣穩固的社會，於是他們的工作也開始越來越多。

翻開一本本檔案，犯罪正在推陳出新。

爲了滿足已經開始麻木的現代人類，就連媒體也越來越嗜血，因爲這些影響，原本應該單純的幼稚園孩童也可以輕而易舉地說出「打死你喔」這類的話，或是微笑著踢打弱小動物；不知道已經將不良行爲帶給孩子的成人，依舊編織著自己對下一代不切實際的夢。

秩序在崩毀。

臉上映著電視發出的光，小聿有點迷惑地半瞇起眼睛。

「一大早看太多這種的會消化不良。」不知道什麼時候進到客廳的人伸長了手，把電視轉到電影台，正在播放喜劇片。

他抬頭，看見了不知道何時起床的虞因抓著腦袋，邊打哈欠邊晃進了廚房拿東西喝。

接著，是這段時間以來幾乎日日重複的早餐時間。

身爲一家之主的虞佟認爲一日最重要的就是早餐，除非碰到非常糟糕的狀況，否則就算加班到天亮，也都會看見他固定在這時候擺出一桌豐盛的晨起餐點。

至於相當糟糕的狀況，不久之前這個家庭才經歷過。

當時重傷的虞夏直到前陣子才總算恢復了開始上班……不過就算在休假他還是跑去追犯人，連上司都制止不了；就算制止，他去逛個街還是可以追到飛車搶劫把人拖下來痛扁、或是修理色狼外加扳倒搶銀行的匪徒。

林林總總算下來，在休假期間破獲的大小案件和抓到的犯人總計七名，眞是讓人歎爲觀止。

開始正式上班的虞夏同樣打著哈欠，再度把電視轉向新聞台，才踱步走進飯廳。

「週末我要在外面過夜喔。」一邊扒著飯，已經清醒得差不多的虞因說：「阿方他們要下彰化一趟，我想跟去看看狀況。」

「這邊醫院都沒辦法了嗎？」看著自家小孩，虞佟皺了皺眉。

「沒什麼用耶，聽阿方說還一直在惡化，如果不是看到他撞電線桿還不會發現，眞是的……」搖搖頭，覺得自己有很大責任的虞因嘆了口氣，「這次是小海介紹的，不過聽說不是醫院，也不曉得在搞什麼東西。」

「我有請同事幫我問了些外縣市的醫院，如果眞的不行就去試看看吧。」

「嗯。」

只是靜靜旁聽著他們的對話，小聿沒有加入，就像往日一樣。

接著，所有人開始各自準備上班上課。

「晚點阿司會過來接你，不要亂跑。」準備出門之前，虞佟在玄關處接過小聿遞來的公事包，然後拍拍他的頭。

最後，屋內安靜下來。

他站在玄關，看著關上的大門，最後輕輕地開了口──

「大家路上小心……」

□

那個世界一向吵鬧。

或許在很久之前，他們也曾經像虞家一樣那麼美好過。

他記得殘存的片段，還未吵鬧之前，父母相當恩愛，上面的兄姊也都是學校中的風雲人物，小小年紀在學業上就獲得了許多獎項，甚至代表學校出外比賽。

父親經常向母親說孩子不但外表好，連腦袋都好，一切都是最好的遺傳，讓做父母的臉上有光。

美滿的家庭。

眞的曾經是。

直到他的黑色眼珠開始出現淺淺的紫，隨著顏色逐漸加深而漸漸改變，父親的疑心也跟著越來越濃。

「這是我的小孩嗎？」

男人指著他，語氣不善地問著。

「我們家每隔幾代都會有這樣的眼睛，我也不知道爲什麼。」女性有點驚慌，想要說服他相信。

於是摩擦逐漸開始。

男人對孩子的疼愛開始有了偏差，同時，他們家因爲替人作保被牽連，很多生意都被封了，賠了好大一筆錢，幾乎連生活都有問題，幸好在找到零工後勉強維持了下來。

「這眞的是我的小孩嗎？」

帶著酒味的語氣指著他，有著強烈的質疑與伴隨而來的責怪，「爲什麼這個孩子這麼冷漠，他是不是有病？腦袋有問題？還是他根本瞧不起我？」

瓷盤在他面前被摔碎，他仍然淡漠地看著男人，落在腳前的花椰菜溫度慢慢冷卻，他的兄姊連忙拉著他躲入房間，避開了外面的大吼大叫。

女人的身上開始出現傷痕是高中之後的事情。

「這個不是我的小孩！」

酒瓶被摔碎在玄關上，男人拖著他，將他鎖進黑暗冰冷的浴室中。

他想，如果不是那時候地下室堆滿了雜物，或許男人打算將他永遠鎖在那裡，再也不會打開門，任憑他獨自消失在黑暗中。

突然有一天，黑暗的空氣中傳來淡淡的甘甜氣息。

一開始他以爲事情似乎有什麼轉機，在充滿酒味的空氣中有了不同以往的味道，讓人感覺到有些舒服、溫暖，就連在冰冷的空間中都可以暫時遺忘那些痛苦。

那幾天裡，男人似乎換了個人似地，突然對所有人都很溫和，用好不容易調高的薪水帶著他們去吃大餐、看電影，還爲每個人都買了新衣。

然後，在家中設置了神壇。

他在書上曾看過宗教信仰可以改變一些人的行爲，確實那幾天裡男人像是要爲過去懺悔一樣，對他們極其溫柔，也不再動不動就把他拖進那個狹小的空間裡。

來訪的奇怪客人指導著男人要怎樣供奉神明，點燃那帶著香味的香枝，勸說著讓他介紹更多人來聽公司講課。

那時，他們家或許眞的回到過去的和樂。

他心裡有點高興，跟著女人學了好一陣子的家務，想要討男人開心。因爲他天生不擅長表達自己的情緒，無法像兄姊一樣很明確地說話、玩鬧。

就像有人在他心裡關了一扇窗，將反應係數設到最低。

所以他想，或許可以做點什麼來彌補這些。

異常的那天他記得分外清晰，女人早早醒來帶著他上市場，溫柔地微笑，和菜販、肉販多少殺點價錢，買了很多新鮮食材，兩人一起在廚房裡準備著豐富的晚餐。而男人下工回到家後，點燃了香，屋裡內外瀰漫了濃濃的香氣，最開始是一枝香，不知道什麼時候增加到了七、八根，散發出的味道有點懾人。

然後，男人一把抓住了他的臉，死死盯著紫色的眼睛，他的臉孔開始扭曲了起來。

「你們欺騙我！」

滿桌的餐點全被掃落地面，碗盤破碎得無法分辨，男人抓著玻璃碎片在女人身上劃下多道血痕，他的兄姊嚇壞了，拉著他到隔壁鄰居家求救，直到地方員警來警告。

他的家，從那時起變爲惡夢。

□

「阿因！」

踏進學校，趕著上第一堂課的虞因咬著從家裡摸來的巧克力棒，在走廊邊被喊住。遠遠看到阿關朝他這邊跑來，「幹啥？又要蹺課幫你點名嗎？最近我被老師盯上了，我自己也蹺太多次被警告了。」前陣子因爲事情太多，他從週一蹺到週五，頻率高到連平常罩他的老師都看不下去了，撂話說再多蹺兩堂就要當掉他，之前不足的時數就用作業來補。

「不是啦。」拔斷友人嘴上的巧克力棒，阿關直接吞掉，「你有聽到消息嗎？大家都在傳一太可能要休學了耶。」

虞因愣了一下，「你不要亂講喔。」

他後來才知道一太修學分的速度很恐怖，早在一、二年級時就把學分修到爆表，也不知道是怎樣做到的，所以之後才會那麼多空堂。他本以爲對方和他一樣也是三不五時就蹺課，但是聽到小道消息之後他就吐血了。

那個傳說考試前都不讀書的一太還是班上前三名，從來沒掉過。

問阿方，阿方也說他不知道怎麼回事。一太本人說題目都是用猜的，作答也都是用猜的，但不知道爲什麼就是可以猜到很高分，至於得分關鍵的問答題、舉例題也都是在考前隨便翻書記下來而已。

他覺得一定有很多人想蓋這傢伙布袋洩恨，尤其是那種讀書讀到腦漿都從嘴巴噴出來的標準學生們。

世界上就是有這麼討厭的人。

「是眞的，今天早上有人聽到他被老師叫去辦公室聊天，而且講好久，聽到什麼眞的要休學之類的話……阿因你知道怎麼回事嗎？」推推友人，阿關問起了八卦。

「這我不清楚，你應該去問阿方吧，我和一太不算熟。」這是眞的，他到現在還搞不清楚一太這個人到底是怎麼回事，完全就是理解範圍外的人。

「誰敢去問阿方，又不是不要命了。」聳聳肩，阿關搭著他的肩膀往教室走，「不過現在很多人都在傳了，也不知道是怎樣。」

在這個校園裡，一太算是某種層面上的關鍵角色，之前對面高中來鬧事時是他在解決，校外人士來也是他解決，甚至校園中一些台面下的事情也都得拜託他出面，現在突然說要離開學校，暗地裡的沸騰是可想而知。

「反正事情確定之後就會知道了，現在猜這些也沒用吧。」推開阿關，虞因邊和對方打鬧著轉移話題。

然後他想起早餐時的對話。

不禁感到有點沉重，雖然不是想過沒那麼輕鬆過關，但是他從未想到會害到別人……

「奇怪，怎麼會有小孩？」停下打鬧的動作，阿關的反應拉回了虞因的注意，視線轉去，沒什麼人的涼亭邊有個大約國小年紀的小孩正在石階造景上跳著腳步，一看就知道是把石階當作跳房子在玩。

「今天國小應該沒有放假吧？」打量著有點距離的小孩，虞因也感到有點不尋常，不過很快地他就發現小孩……應該是小女孩的小孩衣著襤褸，手腳都很髒，像是好幾天沒有洗澡，及腰的頭髮一條條糾結在一起，看起來讓人有點反感，「我過去看看，你先進教室吧。」

「再五分鐘上課喔。」阿關拍了一下他的肩膀，對奇怪的小孩不感興趣，轉頭回教室聊天了。

站在原地，虞因看著那個小女孩，因爲有點距離所以看不出更多端倪，他嘆了口氣，小心翼翼地移動腳步靠近她。

……有時候他都覺得自己很多事。

很快地，小女孩發現他，原本在玩耍的腳步停了下來，沒穿鞋子的烏黑赤腳踩在石階上，髒髒的小臉露出警戒望著他。

「妳要吃巧克力棒嗎？」掏出身上的零食，虞因搖搖還剩半盒的點心，然後在接近小女孩幾步遠之前停下，一屁股坐在旁邊的庭園石頭座位上。

眨巴著烏黑的眼睛，頭髮打結的小女孩吞了吞口水。

不管什麼時候，小孩對於零食的抵抗力都是很低的，這點很早以前就已經驗證過了。所以經常看見員警騙小孩的虞因也不自覺地偶爾會在身上放些零食，反正頂多就是吃掉而已。

他們之間的僵持花不到一分鐘。

渴望巧克力棒的小女孩慢慢靠了過來，視線專注在半盒的零食上。

靠近之後，虞因才發現小女孩連指甲縫都是黑色的，更別說那雙腳，而亂七八糟的頭髮裡傳出一種怪異難聞的氣味，讓他忍不住皺眉，「妳今天不用上課嗎？」敲出了一根巧克力棒遞給她，一點也不意外地被對方瞬間奪過。

搖了搖頭，小女孩飛快把巧克力棒全吞到肚子裡，幾秒後又抬頭看著他的盒子，「……阿姨說不用去……我沒有錢。」

軟軟的童音虛弱地飄在空氣中，伴隨著一陣陣腹鳴的聲音。

「妳多久沒吃飯了？」直接整盒給小女孩，當然也聽到那些聲響的虞因忍住了她身上傳來的惡臭，讓開始放下警戒心的小女孩坐在他旁邊。靠近後他發現小女孩相當瘦，身上髒得像在泥巴裡打滾過，衣服尺寸也不合，看起來好像是人家穿舊不要繼續給她穿的；在吃東西時她還不斷抓著身體，掉下了一些不知是皮屑還是什麼的東西。

「昨天晚上有吃吐司。」很快就把巧克力棒全吃完的小女孩倒了倒空盒，又試了幾次，直到確定眞的沒東西之後，才很珍惜地把還有香氣的盒子握在手中。

「吃過飯了嗎？」吃吐司？

小女孩搖頭。

「大哥哥肚子很餓想去吃早餐，妳來陪我一起吃好不好？不然大哥哥一個人吃飯會很孤單。」摸摸異常油臭的頭髮，虞因軟著聲音問她：「附近有個很漂亮的大姊姊，吃飽飯後去找她玩好嗎？」

看著他，像是很久才理解「過來吃飯」是怎樣回事的小女孩用左腳踏著右腳，有點忸怩地說，「好想吃……可是阿姨會生氣……」

「放心啦，大哥哥會叫其他人和阿姨講，還是妳有家裡的電話嗎？我告訴妳家裡的人一聲。」說著，虞因翻出了手機，先發了封簡訊給友人。

「還是不要和阿姨講好了，阿姨會很生氣。」抓著虞因的手，小女孩連忙說著。

觀察她的表情好像很懼怕她口中的阿姨，虞因開始想著等等先打通電話告訴附近認識的員警，看看能不能找到小女孩的家了解一下狀況。

眼前的小女孩看起來就像沒人照顧，甚至很可能被棄養。

現在社會上經常有這種問題，生下小孩的大人們並沒有自己所以爲的那麼盡責，少部分人在承擔不住事情之後隨意地棄養孩子，或是任他們自生自滅，直到長輩、親戚出來收拾爛攤子，或交由社工安排。

虞因看過很多這樣的小孩，在局裡。

甚至有父母爲了不讓小孩跟著自己，在警局大打出手的都有。

如果不愛他，爲什麼要把他生出來?

如果無法照顧他，爲什麼要讓他來到這個逐漸崩壞的世界?

有時候，他會覺得部分人類太不負責任。

「那麼不和阿姨說，大哥哥先帶妳去吃飯，等等我們去漂亮大姊姊家裡玩好不好？」

看著髒臉上露出羞澀的笑容，虞因收起了手機站起身，牽著那雙滿是泥濘痕跡的小手，「對了，大哥哥叫作虞因，妳可以叫我阿因哥哥，那麼我要怎麼叫妳呢？」

握緊了他的手指，小女孩露出了笑：「雙雙，媽媽都叫雙雙。」

「好，那雙雙和阿因哥哥一起去吃飯。」

「好！」用力點點頭，小女孩抱住他的手。

嗯，所以他又蹺課定了。

希望這學期眞的不要被當掉。

□

「所以你帶個拖油瓶來我家？」

看著站在門口的一大一小，原本可以睡到中午但是卻半途被叫醒的李臨玥只穿著單薄的襯衣，似笑非笑地斜睨了門邊的髒東西一眼，「她是多久沒洗澡？有夠髒的，等等用抱的去浴室，不要讓她踏上我家地板。」

「妳很小氣耶，大不了幫妳拖地啊。」雖然是這樣說，虞因還是一把抄起頗有重量的小女孩踏進了朋友的住所，幸好死女人家裡大人都去上班了，不然這麼突兀跑來也眞夠怪，「那等等麻煩妳幫她洗一下了，我出去看看附近有沒有在賣童裝。」這種時間，附近菜市場說不定可以找到。

「不用了，你剛剛寄簡訊來的時候我去跟鄰居要了一些他們不要的舊衣服，我鄰居的小孩之前才剛上國中，衣服還沒丟。」揚揚手，帶著人進家門的李臨玥隨手打開了浴室燈。一大早就接到封簡訊，說要借浴室洗小孩，還是國小的女孩子，她就知道絕對沒好事。

「謝啦。」

花了點時間和小女孩吃了第二頓早餐，虞因又好說歹說地把她騙來這裡。被他抱在手上的小女孩露出了強烈的不安，顯然李臨玥的住所太過乾淨整齊又陌生，讓她害怕，「等等那個漂亮的大姊姊會帶妳去把身體洗香香，洗完之後我們把衣服也換一下吧，要乖乖的。」

烏黑的眼睛看著虞因，過了好一點時間，雙雙才點了頭。

開了浴室的燈，正在裡面把浴缸放滿水的李臨玥晃了出來，露出了嬌羞的表情，「唉呀，眞是不好意思，沒想到我是個漂亮姊姊耶——大哥哥——」

「妳滾開。」虞因頓時臉就黑了。

「會哄小孩的以後是好爸爸喔。」繼續揶揄著死黨友人，李臨玥嘿嘿地笑了幾聲。

「……因爲看習慣了，會幾招也不犯法吧。」常常看到社工和員警在哄小孩，不自覺地也學了些的虞因冷笑了回去。

「唉啊，你就不要客氣了，我們學校好像有幼保相關科系啊，要不要轉去那邊看看，說不定你天生就是幼稚園老師的料喔，阿因大哥哥——」語氣末了還帶著愛心，漂亮的女大學生戳戳自己從小認識到大的朋友，笑得很曖昧。

「滾去看妳的水吧。」把小女孩放在浴室裡，虞因趁她的注意力被浴缸吸引時，白了女性損友一眼。

「阿因大哥哥會害羞耶，眞討厭。」這次眞的大笑出來，在對方還沒動手打女人之前，李臨玥連忙拉著小女孩閃進浴室，甩上門。

差點沒被門板打到的虞因罵了聲。

眨眼間，他突然在門上的模糊倒影中看見了自己身後有個黑影。

連反應的時間都沒有，那影子瞬間不見了，像是殘像般。摸了摸門板，虞因有點不解。

李臨玥家浴室的門就和很多家庭一樣，是乳白色的塑膠合成門，雖然光滑，但是應該不至於能看到人影。

大概是他眼花了看到殘影了。

……該不會是飛蚊症吧？

門板瞬間又被拉開。

飄出熱氣和泡泡香味的門後探出了李臨玥的腦袋，「你站在這裡觀光啊？冰箱裡面有蛋糕和水果去切一切，等一下我們出來要吃。」

「妳當我來打……」

「雜」字還沒說完，門板又差點摔在他臉上。

碰了一鼻子灰的虞因抓抓頭，想到是自己來拜託人的不能抱怨什麼，就準備點心去了。

他和李臨玥結識已久，甚至雙方長輩也見過幾次面。兩人並不是男女朋友的身分，只是非常單純的死黨好友，偶爾李臨玥到他家時也都會把那當作自己家一樣非常隨便，他造訪這裡也頻繁到像是回家一樣出入，所以虞因經常有事就會想到這位女性損友。

隨著年紀增長，意識到了男女有別才讓他們比較收斂了些，否則在高中之前他們都還是互砸垃圾跟泥巴的好夥伴。

這種關係已經持續非常久了，但並不是愛情。

取出了蛋糕和水果，虞因將這些東西放在台子上，然後翻出了刀子和盤子。

猛然站起的那瞬間他的確看見了。

一個女人就站在廚房的另一頭。

灰白色的面孔上毫無表情，渾濁的眼珠中看不見瞳孔，穿著的是上班族套裝，白色襯衫、灰色的西裝外套與裙子，外套上面有個不明圖案，看起來似乎價值不菲的布料上沾滿了黑紅色的污漬。

那個女人就這樣無聲無息地站在那邊，數秒後才緩緩消失。

虞因整個人都僵住了。

剛剛看見的那張臉和這房子的人毫無關係，他也不認爲這房子裡的人會殺人埋屍還是幹些啥事，而且撇開人影消失的速度之外，好像也和這裡沒有什麼牽連。

根據他的經驗，這大概是從某處外帶回來的。

慢慢放下刀子，虞因一手壓著以免刀子飛起來砍他，另一手拿出了手機撥到某人那端。

「喂？玖深哥，你家最近有什麼上班族死亡案件嗎？」

手機那邊瞬間傳來哀號。

□

他的家庭一向很和樂。

即使是母親死後，父親依舊將他照顧得很好，擔心他們而隨之搬進來的叔叔也將他視如己出般……經常修理他。

那個叔叔就像他的第二個父親，也的確，他有和父親一樣的面孔，於是上國中後他就正大光明地直接稱呼對方是他第二個爸爸，雖然他還未婚。

他的父親常常笑說他一點都不像他，性格上反而還比較像二爸，雖然沒那麼暴力，不過衝動的個性和一些大小事情都像，而難得的細心則像他已故的母親。

在外人看來可能有點怪的家比起任何地方都還要溫暖，溫暖得讓他曾經有過錯覺，不希望再有人來掠奪這份情感，就像被奪走母親，他不想再被取走什麼，所以他異常排斥被帶進家門的小孩。

即使後來知道自己不可能眞的排斥對方，他多少還是有點小小希望，希望對方不要奪去他的家庭，所以他努力扮演一個好兄長。

就如父親曾經說過的，不希望缺少，就讓它增加。

多一個家庭成員，讓他所擁有的溫暖可以更多，充塡著失去母親的遺憾和寂寞。所以他眞的把那個弟弟當成眞正的弟弟，只是對方或許不這樣想，也或者對方只當他們是暫時的避風港。

曾經有過的失去太過血腥和殘忍，連他聽了都覺得悲傷。

他不確定自己是否在對方心裡眞的能夠有個兄長的地位，但他希望對方可以接受一個眞正的兄長，在難過痛苦之後，還記得回到家裡。

就像他兩個父親爲他打造的家一樣。

虞因看著面前正在努力埋頭吃蛋糕的小女孩。

李臨玥在浴室奮鬥了兩小時之後，他們終於看見脫了層皮的小女孩眞面目。說眞的，超出了虞因的意料，借李臨玥的形容——

這根本是個可愛的小蘿莉啊！

除了瘦巴巴之外，小女孩幾乎可愛精緻得讓人想抓起來捏幾把。

白皙的皮膚，大大烏黑的眼睛，雖然臉頰瘦了點，不過五官都非常勻稱漂亮，及腰長髮洗淨梳開之後蓬鬆柔軟帶著天生的微鬈，紮起簡單的辮子後可愛度直線飆升。

被可愛到開花的李臨玥乾脆抓了錢包衝出去買了件小洋裝回來，把小女孩抓來好好打扮一下，成果就是得到洋娃娃蘿莉一枚，讓人驚艷。

「漂亮的大姊姊眞是錯怪了阿因大哥哥，原來你的拖油瓶是有挑過的，還是個上等貨，認識你這麼多年現在才知道你的興趣居然是這個啊！」玩著小女孩頭髮還順便拍照的李臨玥邊萌邊嘆息著。

「什麼我的興趣是這個！這是撿到的啊！」

之前已解釋了經過，虞因端著蛋糕盤子，很想把上面剩下半個的鮮奶油蛋糕往眼前的女人臉上砸，不過顧忌到可能會砸到小女孩，他只好忍下來。

看著正在大吃特吃的小女孩，李臨玥向友人使了一個眼色，兩人一前一後地走進了走廊外的廚房裡面。

「不開玩笑了，說眞的你打算怎麼處理這個小女孩？通報社工過來嗎？」環著手，一反剛剛戲謔的語氣，難得正色的李臨玥很認眞地開口詢問。

「社工？」愣了一下，虞因不曉得爲什麼她會突然提到這個。

壓低了聲音，李臨玥把剛剛在浴室中的驚訝告訴他：「那個小女孩身上有很多傷痕，看起來不像摔傷，一些大小燙傷很像菸蒂疤，另外還有挨打的痕跡和瘀青，很嚴重喔，怎樣看都覺得可能是被虐待，不過都打在身上，外露的手腳、皮膚都沒有，我覺得是故意的耶。」

她曾隨社團去過家扶中心一、兩次，見過受虐孩童的傷痕。

「妳確定嗎？」聽見女性友人這樣說，虞因雖然感覺有點訝異，但又隱約有同感。

畢竟，如果是備受疼愛的孩子，應該不會用那種活像是流浪小孩的感覺在外面亂跑。

這種年紀的小孩，應該要和同齡的孩子們在學校裡唸書玩樂才對。

之前她提過阿姨，看起來她的生活很有可能是那個所謂的「阿姨」在照顧，更有可能就像電視劇劇情一樣，那個「阿姨」根本沒有善待她，除了提供最基本維持生命的食物，就放由她自生自滅了。

「我很確定，要不然你去把小蘿莉扒光看看。」

「……我去妳的。」當然不可能去剝小女孩衣服的虞因微微皺起眉，心裡閃過幾個方法，「我看先打電話報警好了，不然等等被當成誘拐小孩，也可以請警方直接通報社工。」現在世道其實不好，雖然他是出於善意讓小女孩吃飽、洗乾淨，但是擅自帶走人會引起很大的爭議，還是先通報一下對雙方都比較安全。

「我也覺得這樣比較好，你……」

正想說點什麼時，李臨玥下意識一個轉頭，猛地就看見了他們所討論的對象站在廚房入口，沉默著、毫無表情地看著他們，把她嚇了一大跳，本來想說的話卡在喉嚨裡直接哽住。

同樣也嚇了一跳的虞因，看著那個站在旁邊的小女孩，不曉得她聽了多久。

「……吃完了，雙雙拿盤子來洗。」突然綻開了可愛的微笑，小女孩抬起手，展示手上已經吃得乾淨的小盤。

「呃、妳不用客氣，放著就可以了，還是妳還要再吃點蛋糕呢？大姊姊家裡還有很多。」吞了吞口水，李臨玥露出了和藹可親的笑容。

仰著小臉，小女孩想了半晌才說：「可以帶回家嗎？雙雙想拿給爸爸和阿姨吃，蛋糕好好吃……」

「好啊，我直接拿一條給妳好了。」轉身打開冰箱，李臨玥看著塞在裡面爲數不少的甜點禮盒，順手抽了草莓長條蛋糕和紙袋幫她打包。

瞥見了冰箱，虞因知道這九成八都是她去釣男人時的附贈品。

接過蛋糕，笑得異常開心的小女孩向前怯怯地握著虞因的手，「雙雙想回家了，大哥哥可以帶我回學校嗎……爸爸會擔心……」

和李臨玥對看了一眼，虞因點點頭，「妳家住在學校附近嗎？還是我直接帶妳回家？」

小女孩很快地用力搖搖頭，「雙雙自己回家就可以了，爸爸不喜歡其他人。」

看來這個小女孩家裡可能有些問題。

邊想著要和警方打個招呼，虞因向友人道過謝後就領著人準備離開。

在玄關開門的那瞬間，他只看見一雙灰色的眼睛在瞪著自己。

穿著粉領族套裝的女人只出現短短兩秒鐘，然後立即褪去，快得虞因都沒來得及驚嚇。

看著空無一物的屋外，頓時無言的虞因牽著小女孩的手，往停在外頭的摩托車走。

結果那到底是什麼鬼？

2

小聿翻著手上的醫學書籍，然後坐在台子邊晃著腳。

「你說那個叫作雙雙的小女孩，我請同僚調了紀錄，她的本名叫作蘇潼雙，他們在那區算是里長重點照顧對象之一。」早先接過電話來到工作室順便拿報告檔案的虞佟這樣告訴兒子：「雙雙的母親四年前車禍死亡，同行的父親因爲半身不遂所以被列爲重度殘障者，目前在民間機構從事文書工作。在車禍將近一年後，父親認識了新女友，進而結婚，婚後聽說是那名女性在照顧父女兩人的起居。」

來接人順便問事情的虞因聽著對方的來歷，然後有點疑惑，「那個後母會打小孩嗎？」

「這個紀錄上倒是沒有提到，也沒有其他鄰居反應，不過我有打了通電話請地方員警多留意狀況。」想了下，虞佟告訴他另外一件事：「因爲你有提到套裝，所以我順便留意了檔案，雙雙的母親原本是專櫃小姐，不過每年都會更新制服的款式，你說的那套應該是四年前的冬季服；該專櫃是知名服裝品牌，所以員工的套裝據說也都不便宜，完全是該公司特別設計的合身剪裁。」

「所以被圍毆的同學看到的是她媽嗎？」難得工作室裡這麼熱鬧，嚴司端出了幾杯咖啡和點心，在等裡面屍體解凍的空檔湊過來聊天，「那個啥被撞翹掉之後就跟在女兒旁邊之類的，被圍毆的同學不是很經常看到？」

「並沒有很經常，謝謝。」白了嚴司一眼，虞因接過了咖啡，想著那個怪異東西的可能性，「這樣也有可能啦……啊，該不會因為那個小女生被打所以媽媽才出來吧？」他這麼一說，連自己都覺得有這種可能。

「這方面就交給警方與社工去了解了，阿因你應該不用再攪和進去吧。」微笑著，虞佟重重地拍了自家小孩的肩膀，然後捏了捏。

差點痛到痿掉的虞因連忙點頭，「我知道啦，又不是啥死人案件……」

「就算是死人案件也麻煩請你不要插手，學生的本分就是乖乖讀書唷。」加重了手上的力道，經歷了幾次事件之後，也開始和自己兄弟有一樣認知的虞佟漾著過度溫和的笑容，說：「你的老師特地打電話來告訴我你快被當掉了，結果今天還蹺課，難道你放假後要告訴我你要開始準備寒暑假輔導了嗎？」

「對不起，我會乖乖讀書。」連忙求饒，在對方鬆開手之後虞因揉著發痛的肩膀。

「請好好跟小聿學習，多看點書或做點有益身心健康的事，案件會有人處理，不要再牽扯進去了。」深深地盯著小孩，虞佟越來越覺得這不是什麼好事，修正了以前抱著多少可以幫助往生者、睜隻眼閉隻眼的想法。

在那次事件後，嚴司和黎子泓瞞著虞因，私下告訴他曾經在樓梯間看到很像虞因的那東西穿過了他們的事。

基於某些原因，他直接向滕祈請教這類事情。而後者告訴他，簡單又通俗的說，人就是由三魂七魄之類的東西組成的，如果不好的東西想要傷害一個正常人，肯定會先破壞他的那些構成，越接近死亡的人越容易「出魂」遊蕩，這也是經常有人看到親友影像後就聽到對方死訊的緣故。

身體的魂體狀況不穩，除了會越來越接近那個世界，也會反應在他的外表上，例如方苡薰看見的代表即將跨越界線的「死相」；又或者是玖深在夢中遇到的「呼喚」，以及虞因那時看見死亡眞實面的「視線」，都是一些魂體已經游離的徵兆。

人在魂體不穩時，精神狀況會越來越差，直到身體平衡崩潰，這時候就是惡意東西下手最好的時間。

所以如果想要取一個正常上還有壽命的人，惡魂最常用的手段就是破壞他的魂體構成，例如驚嚇或是傷害都是它們最常使用的手段。

換個方式講，就等於人類在運勢最低潮的時候，任何人都可以陷害他的道理一樣。

聽完以上的講述，虞佟只覺得全身發寒。

他並不曉得接近那些東西會那麼危險，也不曉得即使幫助了那些東西，還是會被對方憎恨，或者藉此纏上。

在不知不覺間，他和同僚們因爲方便而縱容小孩任意出入凶案現場，也因此差點讓孩子失去性命。

一想到這些，虞佟就覺得心中那股寒意久久揮之不散。

因爲他的職業讓他太過於理所當然地認爲助人不是什麼壞事、不用刻意去擋，但是連他自己也忘記，就算幫助活人也很有可能會招來怨恨而被傷害，這種事經常在局裡上演。

或許從頭到尾反對小孩進入現場的虞夏才是正確的。

「大爸？」看著不知道爲什麼發起呆的虞佟，有點疑惑的虞因歪著頭在他面前揮了揮手，「你在想啥啊這麼入神？」

幾秒後才回過神，虞佟立刻看到另外三個人用六隻眼睛好奇地全往他身上招呼過去，「呃，沒什麼事，只是想到我和夏一起經手的關於姜正弘的那件案子。」在那事件後，姜正弘非常配合地交出許多查到的道上資料，也讓虞夏直接踩死幾個中盤，目前正在往更上游調查中。

聽他提到這件事情，也一併聽到其他八卦的嚴司咧嘴笑了起來：「不是聽說還附贈一棵小桃花嗎？那個小海小美女似乎最近常常在你們那邊出入耶！」每次姜正弘來的時候旁邊都有那個小女生，整個局裡傳的八卦大到連他們法醫工作室都知道了。

那個小女生實在是太勇猛了！

提到小海，最近有點困擾的虞佟露出一種苦笑的表情，他突然有點體會當時虞夏被高中女生崇拜的那種心情了。

「小海又怎麼了嗎？」聽到那個讓他發抖的名字，虞因好奇地轉向很愛八卦的某法醫，然後啜了口咖啡。

「咦？你大爸沒告訴你嗎？」看著困窘的事主，竊笑中的嚴司提出問題：「阿佟，你那九百九十九朵玫瑰沒帶回家嗎?」

「噗!」把嘴巴裡的咖啡直接噴出來，虞因連忙去抽衛生紙。

「……拿去請女同事們發起義賣，款項捐給育幼院。」說到這件事情就很無奈的虞佟看看天花板，嘆了口氣。

「等等，什麼玫瑰花?」把咖啡擦掉後，驚恐地看著自家老爸，身爲兒子的虞因很震驚地發問。

「……」虞佟完全不想回憶。

「據說小海小辣妹在警局騷擾，咳、拜訪各單位的員警兄弟們，挖了一大堆阿佟的身家資料，上個禮拜還叫了一輛小卡車載來九百九十九朵玫瑰說要送給她尊敬的條杯杯……」但是眼睛沒瞎的都知道大紅玫瑰不是拿來送尊敬的員警用的啊!何況是九百九十九朵那麼微妙的數字，更別提上面還附了一對說可愛就有多可愛的情侶熊，怎麼看都是拿來追馬子……不，追喜歡的人用的。

嚴司超級可惜自己當時不在現場，他很想親眼看到那種盛況，順便拍幾張相片當紀念，要知道，這種轟動的場面可不常見!

該怎麼說呢，年輕人的熱情眞狂野。

張大了嘴巴看著自家老子，不知道應該笑還是該叫的虞因只能錯愕地看著正在喝咖啡掩飾尷尬的大爸。

「大、大爸你該不會……」小海年紀比他還小，雖然就外表來說不算是老牛吃嫩草，但是虞因還眞的是哭笑不得。

爲什麼他家兩個老子淨是吸引小女生？

有點不自然地輕輕咳了聲，虞佟放下手上的杯子，「我想大概只是個玩笑吧……」對警察開的玩笑，例如有人會送死雞、死貓、死老鼠，還是骨頭之類的東西去局裡……應該是類似那種樣子的吧……唉……

這種時候他就很羨慕雙生兄弟那根粗到完全遲鈍的神經。

「有人會拿這麼多錢開玩笑嗎？那幾百朵的玫瑰不便宜耶！」搭著友人的肩膀，嚴司嘿嘿嘿地笑著：「帥哥，有沒有打算發展人生第二春？你們看起來基本上還滿登對的，擺在一起很養眼，漂漂亮亮的像是金童玉女多好。」只是金童有點老，比玉女多了一倍的年紀就是了。

不過這又何妨，沒講出來外人根本不知道啊！

「我對現在的生活很滿意，而且阿因的媽雖然不在世界上，卻還是在我心中。」微笑著拍掉了嚴司的手，不是很想吃嫩草的虞佟轉開了話題：「小女生興頭過就會不了了之了，倒是阿因你載小聿回家後就別亂跑，不要涉入雙雙的事情，知道嗎？」

還在震驚狀態中的虞因連忙點點頭。

轉向旁邊的小聿，意外地見到他盯著書本卻微微勾起了唇角，像是也爲剛剛的話題失笑一樣，不過很快就又恢復毫無表情了。

對於他最近越來越外放的情感，虞因還是有點高興的。

「那麼我就先回去工作了，你們兩個要乖乖地吃晚餐。」順手揉揉小聿的頭頂之後，發現時間拖太久的虞佟打了個招呼，匆匆地離開。

小聿闔起了書本。

站在不遠處的虞因這才發現原來他一直在讀的書叫作人體圖鑑。

已經連這種書都有得看就好了嗎？

□

謝絕嚴司的晚餐邀約之後，這次眞的很乖的虞因載了人直接返回家中。

還在停車時，小聿已經一馬當先衝進屋子裡打開電燈。

最近他都會這樣做，然後又回到玄關處等他。

算一算，小聿來到這個家也已經一年多了。

虞因邊停摩托車邊有些感慨，這段說長不長說短不短的時間裡發生了太多事情，不曉得是他這年的好兄弟天線沒安好太歲還是怎樣，回首一看，他被牽連進各式各樣古怪事情的機率太高了。

不過也就因爲這些事情，他和小聿的關係越來越奇妙。

從一開始的排斥到現在也不曉得算不算得上的相處融洽。

踏進玄關時，小聿已經把拖鞋擺好了。

有時候他自己單獨在家中時也會打掃，把很多東西洗得乾乾淨淨，像虞佟一樣喜歡做家事，做完後，通常可以在客廳裡看見他打開電視邊看書本的身影。

「我幫你買了一本書回來。」翻開包包，虞因拿出了嶄新的書本遞給他，「聽說是暢銷書，一推出就上了各大書店的排行榜前幾名，你別老是看那種奇怪的工具書還是教科書，腦袋會壞掉，偶爾也要看看小說、漫畫放鬆放鬆心情。」

雖然這樣說，不過虞因自己本身也很少看這類書籍，他比較常看設計類的書，再來就是看電視、電影和動漫畫，所以挑書的時候他也有點困擾，最後就直接拿櫃子上的推薦書回來了。

接過有漫畫風封面的小說，小聿小心翼翼地摸著上面的圖片。

「不喜歡嗎？」糟糕，他還觀察了下，看到很多高中生買他才拿的，不曉得可不可以拿回去換？

「……喜歡。」小小聲地回應著，反覆摸著書本的小聿看著他。

「喜歡就好，過幾天我打工發薪，我們去買遊戲片順便再找一些小說漫畫回來看。」把手上的晚餐拿到客廳，虞因邊走邊說著。

「嗯。」

「你先吃晚餐吧，我上去沖個澡。」今天因為和小女孩混了一段時間，所以也沾上不少髒污，虞因拍了拍衣服上的污漬，決定先把自己搞乾淨。

點點頭，小聿轉回了沙發上。

甩著背包，才踏到樓梯中段時，虞因就注意到有股奇異的味道從上面飄下來。

淡淡的、融合在空氣中，某種含著血腥與腐臭的氣息。越是向上走越是可以感覺到味道逐漸增濃，整條昏暗的二樓走廊都飄著這種氣味。

味道並不陌生。

感覺到自己開始發毛僵硬，有那麼幾秒，虞因的理智都在強制他不要繼續往上踏，彷彿上面的空間會將他帶回民宿事件那時的景況，孤立無援，四周只有那種青色的目光。

那是代表某種生命死亡的味道。

按著單邊手臂，虞因強迫自己慢慢地踏上二樓，然後打開了二樓走廊的小燈。

燈光亮起的瞬間，什麼也沒有，屋主設置的暖黃燈光此刻太過黯淡，像是四周隱約有什麼黑影潛伏著窺探。

他知道接連幾次的死亡經驗可能在心裡留下什麼陰影，那種感覺讓他這已經成年的大男人微微地顫抖著身體。

「沒事、沒事。」按著方苡薰他們贈送的奇怪護身符，虞因安慰著自己，不想跑下去帶給小聿不必要的驚擾，他打起精神慢慢走向味道的來源——他的房間。

打開房間後，在燈亮光影交錯那瞬間，他原本以爲可能又會看到什麼可怕的東西，不過全部明亮之後，虞因反而鬆了口氣，緊綳的神經慢慢鬆開來了。房間裡面什麼也沒有，但是窗戶是被打開的。

他從小到大都有個習慣，就是人不在房間時一定會把房間窗戶關上，這個習慣是有次看到好兄弟在外面徘徊時養成的。

放下了背包，虞因在房間裡走了一圈，發現有幾樣東西似乎被人移動過，例如已經很久不看的設計期刊被抽出來扔在地上。

很快地，他就發現桌面上有個不屬於他的禮盒，約莫一個籃球大小的尺寸。

這種東西應該不會是好兄弟拿來的，快步上前打開了盒子，撲鼻的惡臭直接讓虞因退開乾嘔了幾聲。

盒子裡面塞了一隻死貓。

貓屍上已經長蛆了，看起來是被放置一段時間才拿到這裡來。

幾乎是在同時，虞因的手機響起。

他捂著鼻子把盒子蓋上，接著拿出手機，上面顯示的號碼完全陌生，「我是虞因。」

手機那端傳來某種冷冷的笑聲，數秒之後才傳來了人類的聲音：「禮物你覺得如何？」

「……我沒有興趣收男人的禮物，尤其是品味惡劣到水溝等級的那種。」慢慢地退開身體，虞因貼在窗邊，輕輕地側身往窗外看。

在他們屋子外停了一輛黑色的轎車，不曉得已經停多久了，剛剛返家時他並沒有注意到。

「你到底想怎樣？」好一陣子沒有這傢伙的消息，虞因原本還暗暗慶幸，以爲對方可能多少還有忌憚到虞佟、虞夏，但是現在看來可能是他想得太簡單了。

「今天只是告訴你，如果我想的話，隨時可以在你睡覺的時候送你去陪我兒子，不過這樣實在是太無聊了。」

黑色轎車在夜中打開了車門，一個穿著西裝的男人下了車，準確無誤地看向虞因房間的方位，聲音從手機那端傳來：「既然我兒子死得不算舒服，我又何必讓你一次就嚥氣。」

「你兒子根本是死在他自己的手上，說到底算起來也和我沒關係，如果你要找我麻煩，我也不可能乖乖就範，王兆唐，王先生。」看著那個男人，虞因也放冷了語氣。

在潑漆事件過後，虞夏重新調出了檔案，他當然也知道對方的全名，包括對方在台灣從北到南都投資開設特種場所、主要的地盤是在南部的事。

「……我們走著瞧吧。」

手機那方斷了訊，只剩下冰冷的電子聲音。

黑夜中的男人朝著這裡揚了揚手，最後回到轎車中，暗色的車輛發動後滑進了夜裡，就這樣消失在街道的另外一端。

蓋上了手機，虞因忿忿地收回口袋裡，一回過頭就差點被嚇到。

不知道什麼時候站在房門邊的小聿緊握著拳頭，身體輕輕地顫抖著，像是極力壓下激烈起伏的情緒，紫色的眼睛死死地瞪著桌上的禮物盒。

「是他……」從緊咬的牙關裡迸出兩個輕到不能再輕的字，小聿的臉上有點茫然與空洞，「是他……」

雖然不曉得他在想什麼，不過也看出他現在很激動的虞因連忙把人拉出房間，然後輕輕地拍著他的背試圖安撫：「沒事、沒什麼事情，那個人沒辦法做什麼，這裡也沒有那種香，你先深呼吸然後冷靜下來……對……乖小聿……」

順著他的動作做了幾次呼吸，小聿的顫動慢慢地停了下來。

「你放心，這裡沒事，那個盒子我會處理掉，不會再發生那麼恐怖的事了。」突然覺得自己好像在安撫什麼動物，虞因突然踏實了下來，剛剛的緊張感也隨之降低，「我會告訴大爸、二爸，局裡的其他人會幫我們處理。」

糟糕，他該不會眞的適合去考幼保科吧！

李臨玥的話無預警地讓他整個想偏過去，虞因在心裡問候一下那個女人，才想著要先把小聿帶出去時，原本拍著人的那隻手突然被抓住，接著劇痛襲來。

他愣了下，發現小聿在他手腕上狠狠地咬了一口，接著就逃下樓了。

看著滲血的手腕，整排漂亮的齒印陷入皮肉裡，像是被狗咬到一樣傷口相當深，刺痛扎進骨頭裡，害他整個抖了一下。

「小聿你給我站住！」

□

虞夏回來時，看見自家的大兒子正在欺負小兒子。

所以他就順手把大兒子壓在地上打了一頓。

「叫你不要隨便欺負小聿！」說幾次了都說不聽！這傢伙怎麼這麼頑劣！

「這次是他先動手的耶！」被毆打得很無辜的虞因抱著腦袋在地上滾，過了一下子才發現這個人回家的時間不對，「二爸你今天怎麼這麼早？」才七點耶？

他家這個二爸經常會弄到半夜才甘願回來，更多時候是被別人給趕回來，例如他大爸。

把外套掛在玄關，虞夏隨腳把人踢到旁邊去。「今天配合鑑識科血型抽樣，他們好像要實驗啥東西吧，也沒什麼特別的事，就先回來了。」

事實上，是很多人求他先回家，連頂頭上司都跑來湊熱鬧，也不曉得為什麼，也不過才跑差不多一千公尺追機車把通緝犯扭下來打，有什麼好大驚小怪的。

無言地看著剛復元沒多久的重傷患，他的牛仔褲早上出門時還是嶄新的，現在已經勾破了幾道裂口，衣服也整個髒兮兮的；虞因就算腦袋再遲鈍也可以猜到，絕對又是這傢伙無視醫生要他這幾個月多休息、不要做激烈運動的建議，被其他的同僚給請了回來。

「什麼味道？」站在門口，敏銳地嗅到異味的虞夏抬起頭看著兩個先回來的小孩。

虞因把剛才的事稍微解釋了一下，「那個貓屍我等等拿出去丟掉……」

「不用，我叫人過來處理。」聽完之後臉色非常不善，虞夏撥了通電話回到局裡，聯絡了相關人員之後才轉回來。

「王兆唐那傢伙太過狡猾了，姜先生提供給我們的資料裡其實有很多都是他的手下，但都被他直接撇清關係，雖然我們知道他就是那種藥的製造者，但是沒有關鍵證據，一時半刻還動不了人。」

其實他最想做的就是先把人拖回來打一頓，剩下的再說。

不過賣藥的事情牽扯太廣，包括前段時間簡今銓等人的事，他們局長覺得茲事體大，要虞佟、虞夏低調辦案，別宣揚出去。

很快地，來了幾個員警，詢問過虞夏後仔細地在虞因房裡檢查過，才帶走了貓屍。

這段時間，虞因很注意沉默不語站在旁邊的小聿。他的表情沒什麼變化，也不再像剛剛那麼緊張，但是卻帶給他一種很怪異的感覺。

不知為何，他總覺得在小聿身邊隱隱約約好像出現了一些影子，顏色相當地淡，但是在他想看仔細的時候，那些影了又突然消失，好像只是他眼花。不過無意間轉過視線時又多少會看見，再想細看又什麼都沒有。

錯覺？

不、應該不是。

在王兆唐出現之後，虞因才注意到一件事情。

根據他多年的觀察和經驗，通常重大案件中出現好兄弟徘徊不去的機率相當高，更多時候死者會攀附在生者身邊。

他從一開始就不曾見到小聿周遭有他被滅門的家人，之後在王兆唐身邊也沒有……他身邊只有別種慘死的阿飄。

照理來說，應該要有的地方卻沒有。

爲什麼？

手腕上的刺痛重新讓虞因回過神，他這才想起剛剛被小聿咬了一手還沒去上藥，雖然不見得有狂犬病，但傷口還是得消毒，翻起來看整排齒印邊都已經開始瘀青泛腫，熱燙熱燙地不斷傳來痛感。

這小鬼還眞不是普通的客氣！

暗暗地罵著，等到員警們走光後，虞因讓另外兩個人先下樓吃飯，自己先沖洗包紮。

領著人下樓，虞夏轉進客廳時看見一本不知道是漫畫還是什麼的書扔在沙發上，「這是你的書嗎？」

走在後面的小聿點點頭，跑上前去拿起書本，很小心地放進了隨身的小背包裡。

左看右看都覺得那本書不像小聿平常會讀的那種，虞夏思忖著大概是他家大兒子不知道哪邊弄來的，也就沒繼續深究下去。

因爲晚餐只有兩人份，臨時回來的虞夏也沒打算又跑出去買，想了想轉進廚房正想煮點什麼速成餐點時，跟在後面的小聿已經熟練地越過他，開始在廚房裡打開瓦斯張羅起東西，動作熟悉到沒有任何不自然。

虞夏知道這小孩比較肯做家務，這一段時間相處下來，除了虞因，他和虞佟黏得比較近一些，不過大多都是在廚房就是了。

也不打算制止他，就在旁邊小桌邊坐下的虞夏看著忙碌的瘦小背影，「小聿，你到我們家已經一年多了，成年可以自主的年紀限制也早就過了，這段時間你在這邊住得還習慣嗎？」

停下了動作，小聿轉回過頭，帶著淡淡疑惑的表情看他。

「你不用擔心，我不是要趕你走。在收下你的時候，我和佟就已經決定把你當自己的小孩，阿因也是這樣想的，但是我們不清楚你的想法。」環著手，覺得總應該要講清楚，虞夏用比較不會刺傷對方的話語說著：「我清楚你並不是笨也不是自我封閉，但是在你家的第一年忌日過了你卻沒任何表示，這讓我覺得你是不是自己在打算什麼。」

他和虞佟有個默契，如果小聿在忌日那天打算回去或是做點什麼，於情於理他們都會協助，但是時間過去了，應該要表示的人卻依舊過著平靜的生活，好像過往的一切和他完全不相干。

曾經那麼殘忍的事情，怎麼可能永遠埋藏在心中而不受傷？

憑著多年的偵辦經驗，直覺告訴虞夏，這樣子的狀況很不妙。

少荻聿既沒有表示出傷害創傷，也沒有其他症狀，就好像那些事情並不是發生在他身上一樣。曾經從水裡面抱出的少年仍像那天一樣地冰冷，對原生家庭發生的事毫不關心……也或許並不是毫不關心。

虞夏遇過類似的案例。

那是一個悲劇，持有精神疾病證明的男子突然衝進了民宅，殺死了一家三口，唯一的活口就是那家人去參加夏令營的兒子。

在這個社會裡，法令對於精神患者有著一定程度的寬容，即使他們傷害人命，卻很可能豁免掉某些刑責，就如同帶著一張保身符。虞夏同時也看過裝瘋賣傻騙得證明的人挾著這種身分，去搶劫、偷竊，最終得到的只是起訴後被駁回，接著這種人會一犯再犯，警方卻毫無他法。

這是一種漏洞。

那個男子被判必須終身在療養院裡觀察，而在走出法院時他露出了勝利的笑容……只是他笑不了多久。

在記者群中靠近他的高中男孩把水果刀插入他的心臟，讓他那抹笑永遠地停留在臉上，然後再也不用呼吸了。

才十多歲的男孩冷靜異常，過度的悲愴讓他決定自行給予殺人者懲罰。

虞夏在小聿的身上看到那時候、那個男孩的影子。

雖然他不清楚他想做什麼。

這段時間他和虞佟試著讓嚴司與黎子泓帶著小聿，但是小聿卻表現出一貫的冰冷態度，只是靜靜地看著他的書本，不太與人溝通。他們都注意到，只有在虞因身邊的時候，小聿才多少會釋出一些回應，雖然有好有壞，但是已經很多了。

嚴司說，這代表在小聿的認知裡，被圍毆的同學佔了很重要的部分，但是他們暫時不了解到底是哪種部分。

回過頭看著他的紫眼少年眨了眨像是寶石般漂亮顏色的眼睛，然後越過他從冰箱裡拿顆蛋和一把青菜，繼續將料理包加工成美味的一餐。

「……在高中那時，你的手到底是怎麼割傷的呢？」

小聿並沒有回答他的問題。

火上的鍋子發出了熱油的聲音。

幾個啪嗒啪嗒的聲響從樓梯傳來，打斷了有點僵凝的氣氛，踢著室內拖鞋的虞因擦著濕淋淋的頭毛從剩餘的幾個階梯上跳下來。

「你們還沒吃飯喔？飯都涼了耶。」說著，也跟著鑽進了廚房，在冰箱邊拿了果汁，

「好香喔，二爸你的飯怎麼看起來比較好吃？」太吸引人的香氣害他的肚子都叫了。

翻了一下炒鍋，小聿偏過頭盯著虞因：「也要吃？」

「不過有買晚餐了耶，還是你要多煮一份我們兩個分著吃，這樣才不會吃死人。」虞因有點慶幸還好他們買的是巷口的麵線不是大餐，否則就得忍痛放棄香噴噴的料理。

「好。」

重新拿了一份材料，轉過頭背對後面的父子兩人之後，在無人看見的陰影邊，小聿微微彎起了唇角。

熱騰騰的快煮飯即將上桌。

□

今晚留夜班的虞佟看著桌上的飯盒，不知道該好氣還是好笑。

飯盒很正常，是某家知名飯店的外帶餐盒，只是高級了點、價錢貴了點，不像一般員警吃得起的東西。

以上這些他都還可以接受。

當一般正常男人看見飯盒上有朵帶著金粉的大紅玫瑰時，以上這幾點瞬間就可以變成微不足道的小事，他是如此認爲。

「哇，玫瑰的味道好濃喔。」今天同樣也值夜班的玖深一踏進辦公室，就先聞到撲鼻而來的香氣，「又是改良的高級玫瑰嗎？這個聽說一朵價位不低耶，那個小海妹妹眞的下足本錢了。」

已經笑不出來的虞佟無力地坐在辦公椅上，將調檔資料放在桌子的另外一邊，「最近的小孩眞的都不太好溝通……我已經打過很多次電話請她不要再送東西來了……」他都快被整個局裡的人笑過一輪。

除了那玫瑰卡車的攻擊，他懷疑小海已經把他上班時間都查清楚了，值夜班的時候一定會出現便當，日班時絕對會有點心，每次都是夾一朵花，搞得所有部門都知道有人在倒追男性員警，還是年紀可以當她爸的人。

他不曉得爲什麼小海這麼堅持，況且她的行業應該是對員警避之唯恐不及才對，怎麼還有那麼多的心思和精神來搞這些花招？

玖深咳了兩聲：「女孩子的心思不好猜。」

也不是不好猜，是歪曲得讓人難猜到。不管怎麼看，上下左右甚至前後看，橫著看直著看扭著看，玖深都覺得這種花與禮物的攻擊好像應該是男人把妹才會做的事，怎麼到了那個小海身上會顛倒過來？

新時代的女性果然夠強悍！

按著隱隱發痛的額際，虞佟有點無力了。

花錢、便當錢他都悉數算好奉還給那個女孩，但結果就是送來的東西一次比一次高級，直白地告訴她不需要時，她也很大方地說可以轉贈給別人，反正她就只是要慰勞一下辛苦的條杯杯，誰拿去她都無所謂。

這件事情已經引起很多高層的關注了，畢竟小海的身分比較特殊，主管都有意無意地警告他不要把事情搞太大。

安穩平靜生活了幾十年的虞佟還是生平第一次被主管警告，就因為有人、還是女人天天對他鮮花攻擊，搞到外面的記者都快蠢蠢欲動。

也不知道這條報下去會變成警界的特殊愛情笑柄，還是員警收受賄賂。

「我看明天約她出來仔細講清楚好了。」認爲已經造成困擾的虞佟無奈地再度嘆了口氣，把那朵囂張狂妄發散著香氣的玫瑰放到隔壁女同事桌上的花瓶裡。

幸好這個時間辦公室裡的人都已經下班了，只留下幾個值夜班的，否則又免不了被嘲笑一次。

翻開了飯盒，果然還是超級精緻的三層菜色。

雖然感到困擾，但還不至於會浪費糧食的虞佟招了一樣還沒吃飯的玖深坐下分食。

「對了，你是來找夏的嗎？他已經提早回家了。」

「這樣喔，不過沒關係啦，我只是拿個鑑識結果給他，等等打電話講一下，沒什麼重要的事情。」對著豐富的菜色直流口水，玖深挾了壽司捲後說：「最近查扣到那些賣香的中盤，經過分離鑑定和實驗後，我和阿柳確定這批香就是小聿家發現的那種，揮發性質和純度比較高的品質。我們認爲這種物質起碼已經被分成三種，最早王鴻那間電子遊樂場冷氣裡使用的塊狀揮發性、小聿家的燃香揮發以及比較近期的香菸，基本成分和症狀全部都是一樣的。而大樓查獲的那批次級品配方則是從香菸取來。根據我們估計，冷氣用的應該是第一批被研發出來，接著是香，確認香點燃之後可以加快揮發速度後，才應用到香菸裡；其中冷氣使用的應該是開發品所以不外流，這段時期被抄的遊藝場都沒有類似這樣的東西。」

聽著簡便的口頭報告，虞佟微微點了下頭，這些和他們猜測的差不多，很有可能是因爲王鴻的身分才會取得不外流的開發品。

目前他們並不曉得香枝到底流出了多少、滲透到什麼地步。

抓到的中盤商大多聲稱不知道進的這批貨有問題，轉交給下游時就整個擴散出去了，到底誰買走或誰在使用他們一概不知道。

這讓查緝的工作難以進展。

或許許多使用者和民宿主人一樣誤買了香枝，就這樣不知不覺上癮了，連個性都丕變。影響力無法估計，潛在的危險性更難以估計。

「是說我發現他們在推銷香的時候似乎有分兩種方式，一種是流入市面上金紙佛物舖；一種好像是有人去幫他們架設神壇……小聿家和四樓那家的神壇不就幾乎一模一樣嗎？會不會他們另外還有利用什麼信仰來穩固一些基本的銷售量？」

最近大家都專注在這件案子上，自然會把所有相關案件的相片都看過一次的玖深提出了他的發現。

「這也不是不可能。」

虞佟相信選擇「香」的這種型態一定有某些理由。

而這個理由，將會是他們的關鍵點。

3

他從未想過再回到這個地方。

或許是時機的問題，也或許是他隱約告訴自己還不到回來的時候。其實另外一種可能，就是他貪戀現有的溫暖，讓他的決定直到最後才確認下來。

翻看著手上的書籍，這是事件之後虞夏幫他從家裡拿過來的唯一一本書，他父親生前喜歡的、叫作「如何幫你致富」的書本。內容只要閱讀過幾次之後就完全熟記，但是卻從來沒有幫助到他們家，唯一的用處只是讓父親在裡面藏點東西。

書本的夾頁中有張相片、符咒以及幾張分別放在不同頁數裡的千元鈔票。

那是一張全家福，年輕的父親、母親、尚年幼的兄姊，背景是在某座高山上，可能是什麼知名的觀光景點吧，角落邊也照到了其他遊客。相片上就只有這一家四個人，他還沒來得及加入這個家庭的時候。

他曉得那個曾經疼愛他們的男主人有多希望抹滅他的存在，就好像如果他不在，這個家庭曾經有的溫馨和樂就會回來，失去的龐大金錢也會回來，他優秀的一對子女陪伴在身側以及他愛戀的女人從來不曾背叛過他。

但事實是，他拒絕相信那個女人的話語。

不論科技如何進步，不論有多少方法可以證明他們是親生的，男人唯一的結論就是這些都可以造假，只要女人與對方串通好，他們依舊能夠拿到他們想要僞造的身分，他只能依賴香氣這點救贖與外人的謊言和單薄的符咒，來讓他相信某些方式可以改變一切。

很多家庭的謊言都是這樣。

會毆打女人的男人或者會毆打男人的女人總是不斷幫自己編織著藉口，然後藉由某種東西，例如酒精來沉溺自己，一次一次讓自己覺得自己沒有錯，或者一次一次讓對方只能哀傷地選擇原諒他。

女人是很典型的台灣女性，認爲保有家庭才能夠保有一切。

艱辛地打工著，撫養子女們，在溺水處掙扎著想盡方式讓男人重新接受事實，這是很傳統的婦女美德，通常也是造成許多家庭不幸的根源。

虞夏常常說那種不是忍耐，也不是成全，只是沒有勇氣，用愛來當作自己的保護罩，不去承認自己沒有勇氣踏出沒有男人的世界，也不敢爲了保護自己和小孩去重新選擇新的生活。隨著時間的流逝與秩序的不安定，在成年之前就被扭曲的孩子就像未爆彈一樣，選定了叫作未來的時間將所有人炸得遍體鱗傷。

但是有成爲未爆彈的機會是好的，少數暴力家庭中的小孩根本沒機會來得及長大，太過縱容另一半的人也沒有生存下去的時間。

他的家庭或許就是虞夏口中這些問題的縮影。

只不過男人選擇更低劣的沉淪，拖著全家埋葬在那股帶著血腥氣味的香氣當中。更卑鄙的另外一個男人大量大量地將香氣置於他家，說動了男人拿出任何能夠抵押的東西與殘存的最後金錢，甚至在不知道什麼時候開始，他會讓另外一個男人帶著自己的女兒出門……遺傳女人美貌的年輕女孩在返家之後，無神地坐倒在神壇邊傻笑著，身上有別的男人各種不同的酒氣或菸味，胸罩裡偶爾塞有不同皺摺的鈔票。

這些事已經進不了那個家的人心中。

他慢慢地沉入冰冷的水裡，試圖將所有一切都隔絕在外。

簡單的救命兩個字隨著水吞回了他的喉嚨裡。

即使是這樣，男人還是不忘打開那扇門，讓他們在白天能夠短暫地回到校園裡，雖然學校中沒有人注意到他們的異狀。

他有很多時間可以在幽暗的小空間裡看書，學校的獎學金讓他能夠買那些沉默的文字，兄長和姊姊幫他藏起那些書籍，雖然他們的精神也同樣不好，但是依然小心翼翼地保護著他，做著自己力所能及的事情。

黑色的鉛字每個都會讓他想起那種甜膩的香味。

偶爾男人想到了，又或者香氣並不是那麼滿足他的時候，他的聲音就會從外面傳來，輕輕地告訴他，他有多討厭看到他的眼睛，多想把自己的手指按在他的脖子上面，他就像條寄生蟲一樣活在這個家裡，佔著多餘卻還是讓他覺得浪費的空間。

原本三個小孩都各自有房間的，但是不知道哪次男人發狂後把他的房間砸得稀爛，所有東西都被丟掉了，像要硬生生抹滅他原本的存在。

於是他明白了，他的存在只是男人發怒的宣洩口。

他會存活下來的原因他在很早之前就知道了。

撫著手上僅有的相片，後面的遊客就是陪葬在他家裡的另一個家庭。他甚至不曉得他們和家裡到底有什麼關係，只知道他在水中沉睡的時間對方來拜訪過幾次，依稀聽見了對方在勸說著他們的聲音。

然後，就一起死了。

男人甚至寧願殺死外人。

將相片放回書本中，小聿看著符咒，角落印著宮號，他在網路上查過幾次，知道這個地方的位置。

手機響了起來，讓他把書本闔上。

方苡薰的來電驅走了他在水中的記憶。

「我查到了喔，那個姓王的現在住在郊區那間廟裡。」女孩的聲音很愉快地從通話的另外那端傳來。

他們的目的是如此地相同。

少荻聿和方苡薰沒有告訴任何人他們兩個決定要做的事情。

「嗯……」輕輕地應了聲，他聽見女孩的輕笑。

「要不要來？」

□

他再度遇到那個女孩並不是很久以後的事。

第二天中午，虞因正打算找阿方順便一起訂車票時，在花圃附近看見了一太，獨坐在小亭子裡翻閱著書本。

「你找阿方嗎？」對方在他靠近時用慣性般的微笑抬起頭。

「呃、對啊，他在籃球場嗎？」左看右看沒有別人，虞因抓抓頭，想著剛剛對方在手機裡說是在這一帶，怎麼會沒看到？

「大概一分鐘前他說要去超商買飲料，我想大概快回來了。」蓋起書本，似乎剛用完午餐的一太順手整理旁邊的空飯盒。

盯著這名不知道該不該算熟的友人，在旁邊坐下的虞因很仔細地盯著他的臉看，卻看不出什麼奇怪的端倪，「我聽說你要休學？」

笑了笑，似乎也猜得到風聲傳的速度有多快，一太對於這問題並沒有感到驚訝，「實際上是轉學，家裡那邊要我轉去國外的學校，似乎是我在外面亂搞的事情讓他們很不放心。」

「喔……」

「這和其他事情並沒有什麼關聯，我也預估差不多是這個時間，說實話我其實並不太想轉走，所以這幾年或多或少也心存反抗吧。」帶著不以爲然的輕鬆語氣，像是在說別人問題的一太拍拍書本，「讀書也好、生活也好，這段時間還滿愉快的。」

「眞的已經決定了嗎？」雖然有點突兀，虞因還是忍不住問出疑惑：「是不是和你的眼睛有關？」

他們回來之後，有短暫的時間以爲所有的事情都解決了。

在阿方注意到一太會突然撞到電線桿時，已經過了有些時日，做過檢查後才發現他的眼睛時好時壞，不定時地視力瞬間變得很模糊，也漸漸在嚴重退化，市內的大型醫院都看不出個所以然，他們才意識到事情的不對勁。

虞因直覺可能跟那些屍體有關，不過怎樣都問不出來。

「這樣說吧，除了你和阿方之外沒有人知道這件事，在習慣後並不會造成太大的困擾，所以答案是沒有關係。」對於撞到電線桿，一太個人說詞是因爲那時候他正在決定晚餐要找阿方去吃火鍋還是去吃燒烤，在不留神的狀況下才一頭撞上去。

所以結論是他們太大驚小怪了。

虞因看著這個莫名其妙的人，突然深深體會到阿方的辛苦。

他們說的明明都是在問題點上，爲什麼他突然有種很像在雞同鴨講的感覺？而且還都沒離題，只是好像又不是在回答他的問題。

沒注意到身旁同學的無奈，像是想到什麼的一太偏頭告訴他：「你也不用和我們一起去彰化，我想你有更重要的事情，不必須要下南部，但是事情卻是自然會發生的，把重點放在別人身上吧，需要幫助的並不是我們。」

「什麼意思？」因爲有過幾次慘痛的前車之鑑，虞因整個警鈴大作，很怕這次又來個什麼大事，但是對方的回答又讓他差點吐血。

「我也不太清楚，只是有這種感覺。」

直覺準到見鬼的一太告訴他以上的話。

然後，拿著飲料罐的阿方回來了。

也問不出什麼，和友人打過招呼之後虞因也只好先行離開。

下午沒有課所以可以先回家，然後準備晚上的打工，中間這段時間他依照慣例地會先休息，或者去接小聿到附近逛逛。

才這樣想著，虞因的腳步在走向停車場之前停了下來。

他看見了那個小女孩。

雖然沒有昨天那麼乾淨，但是也沒有昨天那麼骯髒邋遢。

換下了李臨玥送給她的小洋裝，穿著簡單乾淨衣服的小女孩快步地跑過來，一把拉住他的手，「大哥哥！」可愛的小臉漾起了大大的微笑，已經沒有昨天那麼害怕了。

「妳又跑出來了，有吃飯嗎？」蹲下來和小女孩視線平視，虞因回以微笑。

「有！昨天跟爸爸吃了泡麵和蛋糕，爸爸要我說謝謝。」拉著衣服，雙雙轉頭看了後面。

跟著轉移視線，虞因看見有個女警從轉角處跟上來，滿年輕的，看起來好像是新進的菜鳥，他並不認識這位。

「你好，請問你和這小女孩的家人熟嗎？」在他們面前停下來，女警友善地勾起唇角。

「我只認識這個小女孩，有事嗎？」抱著小女孩站起身，虞因看著年輕的員警。

坐在他手臂上的小女孩側著身體，好奇地撥弄他的髮，摸著下面被掩蓋的傷疤。

「嗯……是這樣的，這個小女孩的家裡發生一些事情，前幾天他們家失竊，掉了存摺印章，結果被提領一空，今天我們收到上級指示去巡邏的時候她的爸爸才報案，我們查了監視畫面，發現把存簿裡幾十萬提領光的是他再婚的太太，只是她已經消失兩、三天了，因爲他們家附近鄰居也與他們不熟，小女孩說她認識你而已，所以原本想請問你看看知不知道什麼事情。」似乎有點尷尬的員警詢問時感覺很生澀。

沒看到帶菜鳥的另外一個員警，虞因想大概是要讓她自己磨練吧，「這我不曉得耶，昨天才遇到雙雙的，妳可以去調查她爸再婚對象的其他朋友同事，還有她是不是有和別的男人走很近，以及她娘家後頭的狀況與她個人財務、上班情形等。」

女警愣了一下，微笑：「我還以爲現在大學生懂不多……」

「喔哈哈，看久了多少也知道啦。」抓住小女孩要摳他頭的手，虞因往後看了一下，才看見帶菜鳥的老鳥員警走了上來，女警在喊了對方師父之後稍微退開半步。

這次來的人虞因就認識了。

「哇，阿因，原來是你去通報的喔，我還想說怎麼阿佟會突然託人要我們關心這戶。」

年約三十多歲的員警抓抓頭，轉頭和年輕員警解釋了下虞因的兩個父親在局裡工作的事情。

女警露出恍然大悟的表情，立即就曉得剛剛的對話是怎麼回事了。

「蕭大哥，她那個阿姨是怎麼回事？」昨天回去聽過之後，虞因很快就曉得小女孩口中的阿姨就是他父親的再婚對象。

「這個我也不是很清楚，聽鄰居說是個漂亮的女人，在什麼專櫃工作的樣子，不過結婚之後經常和他先生大小聲，社工那邊說這種狀況多少都會有，畢竟先生是殘障人士，婚前婚後一定有差距，沒想像中那麼美好。」因爲算是熟人，蕭姓員警也沒有多加隱瞞什麼。

這種案例他們也時有所聞。

一般男女在結婚時本來就必須要有一定的覺悟，婚後生活必定有所不同，更何況是身體不方便的人士。

在追求時看見的只是好的那部分，沒有足夠的體認就結婚，最後發現必須再負擔各種生活上的瑣事，例如清洗或穢物處理，往往就急速引爆雙方問題。

在偶像劇中男女主角發生事故造成日後必需在輪椅上度過時，那些劇情都描述得很美好，他們願意爲對方犧牲任何一切。

但是事實上，就算是相處再久的夫妻一見對方下半輩子必須綁著自己時，還是有許多人會選擇捨棄當初的誓言。

他的第二任老婆在發現他出遠門時必須經常換尿布後，終於情緒爆發，兩人開始交惡。

「所以我們懷疑大概是這個女的捲款逃逸吧，也不是多少見的事，現在就看能不能把錢追回來囉。」摸摸小女孩的頭，員警這樣告訴虞因。

「了解，我會多注意看看的。」抱了抱小女孩，虞因感覺到手臂有點麻，「我晚點還要打工，雙雙你們要先帶回……」

「我要和大哥哥在一起！」

猛地一把抱住虞因的脖子，小女孩的聲音尖銳了起來，把虞因的耳朵震得嗡嗡響：「你們不要碰我！我要和大哥哥在一起！」

兩名員警愣了一下，沒想到小女孩會突然翻臉反抗。

「欸……大哥哥還要上班，姊姊陪妳玩好不好？」放軟語氣，女警小心翼翼地摸著小女孩的手。

完全不賞臉的雙雙一腳踢在女警的手上，兩隻手死命地抓著虞因，就是不讓員警抱走。

「雙雙，我還要上班，妳先回家找爸爸。」有點受不了小孩子的尖叫聲，虞因心情突然差了起來，嘗試想把小女孩從自己身上拉開，不過後者兩手扒住他的脖子，大有要把他脖子皮一起撕下來的感覺。

「不要、不要！」

虞因看見兩個員警束手無策的目光。

他突然很認同不知道是誰說過的話──再怎樣可愛的小孩絕對都有非常可恨的一面。像是抓著求生的東西一樣，小女孩眨著帶點淚水的烏燦大眼睛，「我要和大哥哥在一起……雙雙有祕密基地，我們去那邊玩，然後雙雙就回家。」

「那大姊姊和警察叔叔陪妳去玩不行嗎？」女警不死心地再度嘗試。

「那裡是雙雙的祕密基地！你們不准去！」凶惡地瞪著女警，只差沒露出牙齒來恫赫。

虞因頭痛了起來。

「阿因，那可以拜託你一下嗎？」看著小女孩完全不肯合作，蕭姓員警只好看著眼前可以信得過的大學生。

「我會被扣錢耶，拜託，這個有算全勤的耶，大哥。」他都已經蹺課蹺到快被掐死了，現在連班都得蹺嗎？

「不然你全勤的錢我補給你，看是一千還兩千，當作警民配合幫個忙吧？」說著，員警還眞的去掏錢包。

「算了，被我二爸知道他會掐死我。」制止了員警的動作，虞因把小女孩的臉扳過來，「雙雙，因爲大哥哥晚上有工作，所以陪妳去完祕密基地之後就帶妳回家好不好？」

小女孩用力地點點頭，「好。」

「那就麻煩你了。」員警拍拍虞因的肩膀，「有事情再打電話給我們，如果你要上班再打給我們去接小朋友。」

「知道了。」

看著死抓住他不放的小女孩，虞因無奈地嘆了口氣。

□

「結果妳的祕密基地在哪邊？」

送走員警之後，虞因沒好氣地把人放回地上，然後轉了轉痠麻的手。

「要搭公車。」雙雙指著學校外面，「十一號的，一直坐一直坐就會到了，有次雙雙自己搭錯車發現的。」

跟著看了一眼校外的公車站牌，他思忖了下，「這樣好了，雙雙妳搭公車，我騎摩托車跟著，回來的時候我們就不用再搭車了。」不然天知道要跑多遠，萬一回來時又要轉車，他今天就眞的不用打工了。

這次小女孩並沒有吵鬧，只是乖乖地點了頭。

接下來他牽來了機車，在小女孩搭上十一號公車之後尾隨在後。

停紅綠燈時，虞因偶然抬起頭，看見小女孩趴在座位邊的窗戶開心地對他招手。然後，那個穿著套裝的女性就站在小女孩的後面，陰森的面孔有一半被陰影遮住，完全沒有隨著公車移動而搖晃，越過窗口冷冷地瞪視著有陽光的地方。

在後面的車子按了幾次喇叭之後，虞因才回過神來，連忙追上公車。

女人就一直站在那邊，沒有任何乘客發現，不斷左右搖擺的吊環在她頭上穿入穿出，然後突然被人一手拉住。

從位置上站起來的中年人往女人的所在站去，按了下車鈴。

後面的雙雙突然跟著跳起來。

停下摩托車，虞因看了手錶，差不多騎了三十分鐘，比他預想的還要快了些，如果不是跟著公車後面停停走走繞遠路，大概十五到二十分鐘上下就可以到達。

眼前是一片住宅區，看起來算是中價位的社區住宅，他沒有來過這個地方。

雙雙跳下來之後爬上他的摩托車後座，「前面的巷子轉進去就是了喔。」把預備的安全帽塞給小女孩，虞因隨著指引繞入巷子裡面，很快地就停在一戶獨棟房子前面，大門深鎖緊閉，裡面黑暗無光。

不曉得爲什麼，他總覺得這棟房子有點眼熟，不過兩側也都是類似的樣式，看起來應該是同個建商所蓋社區。

對這邊像是很熟悉的小女孩牽著他的手，從房子旁邊的防火巷繞過去，接著在後面的小鐵門停了下來，細小的手臂穿過了鐵門隙縫，幾個撥弄聲響後鐵門就被打開了。

「等等，這是妳家嗎？」抓住了正要踏進去的雙雙，虞因心跳了幾下，有些發痛，不曉得爲什麼覺得這房子給人一種壓迫感。

「雙雙先發現的，這裡沒有人住，是雙雙的祕密基地。」掙開虞因的手，小女孩露出燦爛美麗的笑容後鑽進了鐵門之後。

沒有辦法，虞因只好硬著頭皮跟著小女孩闖進了不知道是誰家的後院。唯一慶幸的是還好圍牆頗高，不然左右鄰居可能馬上就會大喊有賊了……是說左右鄰居好像也沒有住人。

他望著兩邊空曠的房子，庭院長滿了雜草，看起來應該也是空的，再過幾戶後才眞的有住家。

進去之後，房子四周靜寂無聲，小院子的泥土是黑色的，上面什麼都沒有，只有一些顯然已經枯掉的植物殘骸，其他小路上都鋪上了水泥，看起來沒有什麼異樣，甚至旁邊還擺了不曉得放了多久的掃把和園藝用具，破舊的程度讓人一看就知道已不能使用。

在外圍時還看不出來，但一進去虞因便發現圍牆這面幾乎整片都已泛黑，不知道是什麼原因，看起來也不像是火災造成的。

「裡面有很漂亮的東西喔，是雙雙的寶物。」天眞的孩子不會去在意房子的異常，對外院沒興趣的雙雙快步跑向房子後門，叩隆一聲就把沒鎖的後門給推開了。

看來她眞的來過很多次。

虞因在心中有了這個結論後，有點擔心小女孩的安全，便跟著進去，不過後門的門板似乎推不太開，只能開到一定程度，似乎是卡住了。

試了幾下還是沒辦法打開更多，因此虞因估量了一下入口大小，只好深深吸了口氣硬是側身擠了進去。

那一秒，屋裡傳來的是有別於外面的氣味，挾帶血腥的腐臭氣息迎面而來。

他愣了一下，沒辦法分辨味道是從哪裡來的，感覺好像滿屋子都是，整間房子裡毫無光亮，黑得像是深夜，連窗戶都好像隔絕了外面的日光，毫無色彩。

空氣中發出了幾個聲響，接著是小小的光芒在他左側燃起。

從旁邊小櫃子拿出蠟燭的雙雙熟稔地把手上的紅色蠟燭滴了燭油插在櫃子上，然後又拿出新的粗蠟燭，不曉得是不是她自己準備好的，抑或是原住戶所有。

但是在光線亮起的同時，虞因的確看見了，他看見很多腳消失在被驅逐的黑暗當中。

「歡迎來到雙雙的祕密基地，雙雙演媽媽，大哥哥演爸爸。」端著蠟燭的小女孩身陷在黑色中對他微笑，後面則是站著那個面無表情的女人，然後什麼也看不見的小女孩悠悠慢慢地對他開了口——

「歡迎回家。」

□

虞因不確定自己愣了多久。

等他回過神，那個女人已經消失不見了，雙雙拿著蠟燭愉快地跑進房子裡，熟悉得就像她是在這裡長久居住的人一樣。

拉開了抽屜，虞因發現裡面全都是蠟燭，有的上面還有彩色塑膠包裝，看起來像是拜神用的，大小粗細都有，還有些預備用的蠟燭台，看來是戶很虔誠的人家。

他取了根蠟燭點上，一回頭猛然看見一條影子穿過自己的身體，幾乎可以感覺到帶著腐臭的冰冷氣息從他耳際邊劃過。

沒有看清楚那是什麼，轉過身體卻什麼都沒有。抹掉冷汗，虞因不自覺地放輕了腳步，慢慢地往前方客廳處移動。

搖晃的燭光隨著他的腳步慢慢地照亮了房子，擺飾之類的東西都還在，但是大部分都已經爛了，看起來似乎曾經歷很嚴重的破壞，連牆壁上也出現不少的缺角。

前廳的地方有點亮光，踏進去時他看見早一步進來的雙雙已經在大理石桌上點亮了三、四根蠟燭，桌面積了很厚一層蠟，突起來像是奇怪的小山丘，看樣子她應該不只有來過幾次。四周壞掉的大型雜物已經被清到走廊去了，客廳反而乾淨很多，角落有座歪了一半的小型神壇，上頭的神像已經不知道消失到哪邊去了。站在裡面的小女孩從旁邊歪倒的櫃子裡拿出了糖果罐子，框啷框啷地搖晃了幾聲，倒出了一顆沾滿糖粉的硬糖遞給他，「這是給大哥哥的。」

接過糖果放到嘴裡，虞因感覺到人工甜味充斥整個口腔，一下子讓他冷靜多了，「妳來這裡多久了？」

「暑假時候來的喔，那時候雙雙還有在上學，是三年級，暑假過完之後阿姨就說雙雙不用浪費錢了，所以雙雙不喜歡爸爸和阿姨時就會到這裡，好安靜。」在旁邊已經露出黑色海棉的沙發上坐下，小女孩晃著雙腳：「而且這裡還有很多糖果和餅乾，雙雙找到的。」

……那他剛剛吃的就是這屋子裡的糖果嗎？

才剛冷靜下來的虞因半秒之後就又開始全身發毛。

他環顧著房子大小，注意到樓梯口被雜物堆住了，但是往上的樓梯轉角中有一雙腳，膝蓋以上的部分全都埋入燭光照不到的黑暗中……他不想知道那是什麼東西的腳，知道太多對自己沒好處。

「雙雙不是很懂，有時候看到阿姨脫光光坐在爸爸身上一直搖，然後阿姨就會過來打我，把我趕出去，可是是他們霸佔客廳，媽媽以前跟雙雙都在客廳看故事書。」看著桌上的蠟燭，照亮了小女孩漂亮的面孔，「不過現在沒關係，雙雙自己也有客廳，我會唸故事書給自己聽。」

看著小女孩茫然的面孔，虞因只感覺胸口那種氣悶的疼痛似乎越來越強烈，像是有什麼卡在胸腔裡。不知道是因爲她軟軟的童音說出來的話，或者是房子不斷傳來的腐臭氣息，詭譎的痛感像是一條麻繩勒住他的脖子，扯著他讓他思考力渙散。

無意識地，他向下看見地面鋪滿了黑色的地磚，抬頭時看到樓梯邊又多了一雙腳，就在雜物堆旁，離客廳相當地靠近。

按著暈眩的腦袋，虞因嗅著臭味越來越濃的空氣，艱澀地開了口：「雙雙……大哥哥上班快遲到了，我們先回去吧……」

小女孩仰高臉看他，搖晃的燭光在她臉上不斷製造出不同的陰影。

其實室內無風。

「唔，好吧，那我們改天再來，雙雙有寶物要給大哥哥看。」站起身，小女孩拉著他的手。

「好。」

甩甩頭保持意識清楚，虞因領著她慢慢從原入口退出去，離開房屋的那瞬間，刺眼的陽光投射在他們兩人身上。

他一直感覺到有種寒冷包覆在他身上。

將小女孩送回學校後，虞因轉過車往家裡的方向回去，握著油門的手不斷輕微發抖，他連自己怎樣順利到家的都不知道。

停下摩托車時，嚴司正站在門口按他家門鈴，一看見他回來就迎上去，接著皺起眉：「被圍毆的同學，你又受傷了嗎？今天該不會去單挑少林寺吧？」

「我……沒有……」困難地吐出回答，虞因拿下了安全帽，這才發現嚴司的視線是留在他身上而不是臉上。

他低下頭，看見自己滿身都是黑紅色的血液，不斷散發出刺鼻的味道。

「這個不是我……」

嚴司的臉在他面前裂成好幾個，周圍全部模糊了起來，他只記得要解釋他並沒有受傷，然後腦袋頓時整個一黑。

失去意識前，似乎還聽到嚴司那個渾蛋的聲音。

4

公車停靠站牌邊。

「你們要小心點，最近這邊不太安全喔。」看著在郊區站牌邊下車的兩名孩子，司機不由得多嘴提醒了幾句，「回程的公車大概半小時才有一班，如果要回家要趕在十點末班車前來搭。」

「好的，謝謝司機叔叔。」

對著揚長而去的司機揮揮手，方苡薰才斂起太過燦爛的微笑，回過頭看著站在旁邊等她的小聿：「走吧，就在山坡上而已。」

正午的時間。

沒有像平日一樣等別人來接他，早一步和方苡薰出門的小聿兩人一起轉了幾次車，到了郊外。

離開市區後越往外，越會有些大大小小、罕少人煙的山丘，其中部分經常會有砂石車在路上狂飆，偶爾有人，也僅是騎著機車下山的工人們。

他們就在還算綠油油的地方下了車，左右全都是草和樹，剛剛在公車上也只有他們兩個乘客。非通勤時間幾乎是沒有人搭乘這些交通工具的，更何況是到這種偏遠郊區。

剛剛的司機以爲他們是從學校私奔的小情侶，本來想好好說教，不過後來方苡薰告訴他，他們兩個是姊弟，來找媽媽的，對方才閉上嘴。

走在通往山區的柏油路上，兩人沉默不語。

小聿偶爾會拿出手機估算時間以及檢查來電，他將電話設定成無聲無震動模式，上面顯示了來自嚴司的十幾通來電未接，連語音信箱他都沒有打開，回家之後可能會被虞家人唸上一頓，不過他也只能這樣做。

「有人在找你嗎？」走在前面領路的方苡薰拍拍沾到草屑的裙子，當然注意到對方的動作。她今天本來是該上學的，所以還穿著制服，爲了避免惹上什麼不必要的麻煩，只在服裝外加了件牛仔外套，遮去了校名、校徽。

搖搖頭，小聿收起手機。

在向上坡步行了約二十分鐘之後，他們開始看見了廟的屋頂，很快地隨著越來越接近，一座規模不算小的廟宇逐漸完整出現在兩人面前。

挑高的廟下有著灰石階梯，粗估大概佔地百坪，旁邊還設了停車場，即使在非假日仍然停了七、八輛不同的大小轎車。

兩人對看一下，小聿拿出眼鏡戴上，接著方苡薰走上了廟宇階梯，還沒走到大門前她就看見了裡面相當寬敞，有好幾個人跪在位於廟宇深處的神像面前，不知道是在禮佛還是在懺悔。踏上最後一階樓梯，裡面的廟公也剛好走出來站在他們面前。

「小朋友，這裡不是學校喔。」看起來和藹可親的廟公頂著圓圓的臉，親切地朝他們微笑，胖胖的脖子上掛著兩串佛珠，散發著微微的檀香。

「我們迷路了。」似乎早就找好藉口的方苡薰眨著眼，無辜地放軟了語氣，聽起來讓人覺得很可憐，「因為媽媽說工廠在這邊……好像是織帶的，可是走了很久都沒有看到。」

廟公來回看著他們兩個，想了幾秒後才開口：「妳說的織帶工廠在路口那要轉到另外一邊，你們走錯路了，另一條路上去是一些代工廠，織帶的就在那裡。」

對於方苡薰事先查過附近的地理環境感到意外，小聿就隨便她拉著自己，低著頭默默聽著兩個人的對話。

「咦！那怎麼辦……我們不認識這邊的路……」露出驚慌的表情，方苡薰連眼淚都快掉下來，「糟糕了……」

「不要慌張，你們先到廟裡等等，阿伯等會兒找人載你們過去好不好？」慈祥地拍拍方苡薰的頭，廟公招呼他們倆走進了廟殿，讓他們坐在櫃台旁邊的椅子，端了茶水過來。

大殿裡十分安靜。

光滑的大理石地面被保養得相當光亮，隱約映出了人影。

壇上供奉的不知道是什麼神明的神像，約有三人高度的宏偉石雕像穿著錦繡華服，在廟宇外面僅有一塊「王爺宮」的牌子能猜測神像的名。

幾名男女就盤坐在神像前。

偌大的空間周圍有些蠟燭座，一層層地搖晃著火焰，燭油慢慢往下填滿了台座等待清理。神壇兩側則有光明燈的轉塔，巨大的香爐中則是一炷大香輕煙蔓延。

霍地站起身，小聿冷冷看著香爐。

坐在旁側的方苡薰連忙將他扯回座位。

香甜的氣味像是看不見的手般輕輕地觸碰著大殿中的每個人，然後緩緩地飄出門外，被空氣稀釋。

殿中的一名中年女性站起身，動作優雅高貴，身上的香水味幾乎與空氣中的甘甜味融合，踏著規律的步伐坐到他們身邊，「小朋友是第一次來這邊嗎？」輕柔的細語，幾乎像是母親般的關懷。

「第一次。」方苡薰用力地點點頭，「我們迷路了。」

「你們和我女兒差不多大呢……」低著聲音，女性慢慢地摸著她的肩膀。

聽著女人和方苡薰一搭一搭地聊天，冷漠地看了大殿一會兒之後，小聿就站起身走出了大殿，乾淨的空氣很快撲鼻而來。

廟外並沒有什麼特別之處，走廊上有紅柱、水龍頭，蜿蜒到後面有些小花圃和看似住家的其他建築物。

若有似無的甘甜味從深處吹來。

他望著蜿蜒的路，慢慢地往前走近。

「你在這裡做什麼！」

在他走過花圃，正想仔細看看那些透天的灰色建築時，突然有人自後面抓住他的肩膀。

就算是沒有什麼表情的小聿也被嚇了一大跳，猛地掙開了對方的手跳了開來。

回頭看見的是那個廟公，不知道什麼時候走到他身後，一臉笑吟吟地拍拍他的頭，「後面是私人住所喔，不可以亂跑。」說著，略微粗糙、布了些繭的手掌輕輕地握著小聿往回走，「來，和大家去靜坐一下，等等就有人送你們去路口了，阿伯拿點東西給你們吃，小孩子亂跑會餓到肚子。」

看了眼廟公，沒多說什麼的小聿被帶回了廟前，也已經走出來的方苡薰就和剛剛那個女人站在外面，看起來像在等他們。

親切地環著方苡薰，女人很溫柔地吐出話語：「我看我載他們回去好了，妹妹說他們住在市區的爸爸家，我帶他們到市區公車站，不然這裡的公車很久才有一班，會太辛苦。」

然後他們跟著那個女人走向停在外頭的黑色轎車，廟公拿了盒小蛋糕讓他們兩個帶著在路上吃，一切看起來那麼和藹美好。

一上車，在前座的方苡薰嗅到了濃烈的香氣。

「我可以開窗……」

「不行！」女人霍地厲聲打斷她：「不要亂動我的車！不准開窗戶！妳以爲妳坐在誰的

車上！誰准妳隨便亂動別人的東西！」

愣了一下，像是突然驚覺自己說話太大聲的女人在對方還未反應過來前，突然又放軟了聲音，摸了摸方苡薰的頭髮。

「對不起，是阿姨太大聲了，你們應該沒有嚇到吧？」

「呃……沒有。」

看著女人，方苡薰合作地搖搖頭。

坐在後面的小聿始終冷眼看著一切。

他的故事正在開始甦醒。

□

虞因清醒時，只感覺到全身發軟。

空氣中有點茶香的清淡味道。

「我靠……」無力地按著頭，一開始睜開眼睛時視線並不是很清楚，大約過了十多秒後才慢慢有影子浮現在眼前。

先看見的是米白色的天花板以及燈光。

「被圍毆的同學，你回魂了嗎？」

接著是討厭的聲音……

坐在旁邊正在翻書的嚴司一看見人醒了，反射性地瞄了眼手錶：「我拿了你的手機打給你工作的地方幫你請假了。」和他們走近之後，因爲常常要接送小聿，他多少也知道這傢伙的打工時間，至於電話在手機裡隨便搜索一下就有了。

摀著臉，感覺燈有點刺眼的虞因胡亂地點了下頭，整個身體還是使不上什麼力氣，「你怎麼在這裡……？」偏過頭，他看見熟悉的擺設和物品，是在他的房間裡。

「這就要問你了，被圍毆的同學你又去惹什麼麻煩嗎？突然在門口暈了，然後又重得要死，害我拖了半天才把你弄上來這裡。」當下判斷沒有生命危險及外傷後，嚴司才把人弄進房子來，沒有說的部分是他順便把他的衣服全剝了換上乾淨的還花了一番工夫。

「沒有……」閉上眼睛，虞因慢慢感覺身體似乎開始輕鬆了些。

「沒有衣服上怎會都是血？」

「血？」

放下書，嚴司拿過擺在旁邊的衣服直接展開來給他看，「還有血手印，被圍毆的同學你是去幹了啥？」

慢慢地睜開眼睛，虞因突然想起失去意識前的確看見自己身上都是黑紅色的血液，他轉過頭看著嚴司手上那件可能已經沒辦法穿的衣服，上面沾滿了斑斑駁駁的血跡，更多的是無數的手印，重疊再重疊後把衣服染成了深沉的顏色，看起來異常地詭譎。

「我也不清楚……可能是看到不乾淨的東西……」虞因下意識摸摸頸子，方苡薰他們送的項鍊還在，他突然想到樓梯上的腳，說不定那時候那些東西沒有靠近就是因爲這條項鍊的關係吧？

因爲按照他往常的經驗，這種東西都會直接撲過來。

但是這次就算沒有，卻也給他的身體造成了很重的負擔。

沒有過這種經驗的虞因按著腦袋，慢慢地撐著身體從床上爬起來，在一旁的嚴司放下了衣服幫他擺正枕頭，好讓他可以靠著。

「因爲你昏迷太久，我剛剛已經打電話聯絡佟。」端過旁邊準備好的溫水，經常去醫院兼差的嚴司幫對方補充了點水分，「還有你知道小聿怎麼回事嗎？」

「小聿……？」腦袋還有點鈍鈍的，虞因一下子反應不過來對方的意思。

「今天他要來我那，可是我卻接不到人，電話打了十幾通都沒人接，所以我才會繞過來你家。」結果才剛到沒多久就看見眼前這個大學生掛了，剛好做了順路恩人的嚴司聳聳肩。

「……小聿不見了？」虞因過了幾秒才完全理解聽到的話語：「那小子又給我跑去哪裡……」才一陣子放鬆下來又自己跑掉。

按著床鋪，虞因掙扎著要去拿手機，卻發現一用力就全身抖個不停，差點沒整個摔回床上。

拉著人，嚴司把放在旁邊的手機遞給他，「被圍毆的同學，我覺得你的狀況很不對勁，還是送你去醫院檢查一下好了。」他是覺得有點奇怪，因爲就他自己剛剛的診斷來看，虞因並沒有受到什麼創傷，也沒有生病，但是人卻異常虛弱。

「休息一下就可以了。」擺擺手，大概知道問題點在哪的虞因按了手機，連續撥了幾次對方都沒有接，只是任手機逕自響著，「搞什麼……」該不會又自己單獨去做什麼不告訴他們的事情吧！

「我通知你大爸了，如果員警那邊有看到會通知我們。」知道小聿的特殊身分，嚴司當然在第一時間就先聯絡了警方。

看著手機，虞因翻開棉被，「不行，那小鬼……」如果沒有去帶他，他不會好好回家。

正想要翻下床時，某種聲音從半開的窗外傳來，像是誰打開了外頭的鐵門，接著循次地打開玄關、進到屋內。

把虞因按回床上，站起身的嚴司走出二樓走廊，「我看應該是他回來了。」

寂靜的空氣中響起了奇異的叩咚聲。

那是種有人拿著物體走上樓梯，不斷碰撞的規律聲音。

嚴司立即退回鎖上房門，幾乎同一秒，走廊外傳來了重重的步伐聲和牆面碰撞聲。

「誰？」虞因愣了下，看著還可以行動的另外一個人把他的書桌拖了過去頂在門邊。

「快報警！」拉高袖子，嚴司四下翻找著，把屋主的球棒和筆都找了出來，「這可眞刺激，感覺轉到這裡之後常常遇到有趣的事情啊。」

聽到外面重重的搥門聲後，虞因也知道闖進他家的絕對不是認識的人，按了手機直接轉距離最近的警局報警。

房外的聲音猛地中止，接著而來的是空氣一滯，整棟房子的燈光在一瞬間完全消失，陷入了絕對的黑暗之中。

「這個。」從旁邊櫃子裡找出手電筒打開，虞因喊了另外一個人。

接過手電筒，嚴司拽著他把人塞進床底下，「大概有四、五個人，你家外面還停了一輛黑色車子，警察應該在五分鐘內會來，待在下面不要出聲。」說完，也不管虞因的抵抗，他順手又拉來一些雜物把人給擋起來。

黑暗中，轟然巨響直接穿透了木製門板，把手上的籃球抵在床邊的嚴司一轉頭就看見房門上方不曉得被什麼東西敲破了一個洞，有條手臂伸進來想要打開鎖死的門。

把手電筒插到書櫃上，在對方摸到門鎖之前，嚴司搶先一步扣住對方的手腕，按在他血管的位置，接著拿起拔開蓋子的原子筆就朝脆弱的皮肉重重地插下去——門外立即傳來淒厲的哀號聲，手抽了回去，外面有人哀叫著噴了很多血。

「嘖嘖，沒人叫你拔啊，插著還比較好。」嚴司冷笑了聲。插著搞不好出血量還不會那麼大，一拔開堵塞物不見了，血自然有多少噴多少，希望在警方到前這傢伙還來得急送醫。

只要他不亢奮活動過頭。

像是對於裡面的攻擊感到憤怒，門外的人也決定不開鎖了，幾聲猛烈的聲音擊上門板，很快地便砸出了幾個大洞。

藉著不遠處手電筒的光芒，本能地護著頭的嚴司看見了打破門的是斧頭和鐵條。他們一進來就選擇這個房間，準確無誤地沒在一樓逗留，這就表示他們的目標根本就是那個被圍毆的同學而不是這個家的其他人。

……也太常惹事了。

身為法醫的成人搖搖頭，無奈地嘆了口氣。

在上門板被打爛的同時，他關掉了手電筒的燈光，隱到了用來頂門的書桌下面。

第一個人從洞裡鑽過來，踩在書桌上面重重地跳下地板。

抓住了那瞬間，就縮在旁邊的嚴司從對方的腳踝處踹了一腳，直接把人翻倒，然後快速地摸到了對方的上身，把手上的鉛筆送進對方的脖子裡。

被襲擊的人猛地一震，頸子遭到不明物體的攻擊讓他瞬間驚恐起來，被撞倒在地上的身體不斷發抖。

「勸你最好是到醫院再拔，你們只是人家花錢請來的笨小鬼，不想隨便死在這邊吧。」

摸到了對方年輕的面孔，和剛剛大動作的舉止一合，嚴司立即曉得這些人只是砲灰，大概是要來警告的。

當第二個人還沒注意到門內動靜想進來時，警笛聲已經遠遠傳來。

這次的動作還滿迅速的。一邊這樣想一邊抬起頭的嚴司，在黑暗中從被砸出個大洞的房門看見了外面果然還有約三、四條黑影，聽見警笛聲後開始騷動，最後只匆匆對房間這裡喊了聲：「阿壯、快閃，條子來了！」之後就倉皇地搶先逃下了樓梯。

把手搭在插進脖子的鉛筆上，雖然知道對方看不見，不過嚴司還是慣性地勾起微笑，「這位同學，最好不要動喔，不然按下去會很痛。」

鉛筆的另外一頭不斷抖動著，他知道對方已經收到恫嚇了。

在書桌抽屜翻了翻，嚴司找到了半捲膠布，順手把對方的手腳全綁在一起後，才站起身打開了手電筒。

在微弱的燈光下，映出的果然是張不到二十歲的面孔，蒼白地瑟瑟發抖。

他打開窗，看見外面那輛黑車旁站著一個人，那張臉他只從檔案上看過，當時王鴻相關案件中以他父親之名出現在照片裡的案外人。

視線同樣也放在這扇窗上，不曉得有沒看出他不是房主的男人微微愣了一下，接著在警方的車到來之前他打開了黑車的門，坐了進去。

抓到了放在旁邊預備的球棒，估計位置不遠的嚴司直接朝著車子的最大目標——前方擋風玻璃甩去，砰地很大的聲音讓他覺得爽快不少，看見玻璃裂出部分痕跡後，他高興得有點想吹口哨。

不過接下來的時間他也沒有吹，而是抱頭閃到書櫃邊。

黑車的後座車窗慢慢地向下捲出一些空間，然後一條手臂與一支槍從裡面伸了出來，幾秒後子彈從大開的窗戶打了進來，最終嵌在牆壁上。

然後，對方離開了。

□

「下次不要再做挑釁對方的事。」

在警方趕到控制現場之後，嚴司被同樣趕來的某前室友直接送了這句話。

「唉，我有很節制地做，不過準度還眞好，最近玩Wii果然有幫助。」拔掉手臂上細小的碎木片，嚴司不怎麼在意地聳聳肩，「對了，還有一個是手腕受傷，你們調看看醫院就醫紀錄，如果有個筆孔的就是了。」

黎子泓看了他一眼，隨口交代了員警去處理，「發飆時麻煩請節制，要是眞的弄死人了你……」

「放心，死前我會先幫他做急救。」看著不斷哭喊的青年被抬出去，嚴司有點冷漠地回應：「眞受不了這些笨小鬼，年紀輕輕的就以爲做這種事情很帥、沒什麼，以爲幾個人一起就天下無敵，什麼事情都敢做，快死時就又哭又叫的，眞不知道腦袋裡到底是不是裝屎才一點都不清醒。」

拍了下友人的肩膀，黎子泓才把視線轉向床邊，兩、三個員警清開了雜物，把虞因從下方拉出來。

「我可以自己走。」感覺到力氣正在恢復的虞因謝絕了要扶他的員警，環顧著自己慘不忍睹的房間……至少門板是非換不可了，牆壁上正被挖子彈的洞也不知道塡不塡得回去，更別提房內的凌亂了。

唯一慶幸的是因爲嚴司的幫助，房裡高價的東西沒被破壞，損失的都是可替代的普通物品，而他們也沒有去砸別的房間，大致上來說損失並不嚴重。

「你們兩個先到下面休息吧，等等會有人去問話。」看著走廊外也有被破壞的痕跡，黎子泓這樣說著。

「對了，你怎麼會比老大他們先回來？」甩甩手，嚴司有點好奇地詢問著，剛剛在地方員警來之後，眼前的前室友隔了沒多久也跟著出現，他才不相信這傢伙有這麼快速。

「……你不是打手機跟我說小聿不見了嗎？」下班後繞過來看狀況的黎子泓就正好趕上了這個突發事件。

「了解。」

屋內不斷有員警穿梭著。

比起二樓，一樓大致上沒有遭到任何的毀損，雖然是被闖入的第一位置，但是除了乾淨的地上有幾個髒鞋印以外就沒什麼了，該整頓的反而是連走廊都噴到血跡的第二層。

相對於幾度好奇又往上跑的嚴司，做完筆錄後還是很疲累的虞因就坐在沙發上休息，桌前擺著認識員警買來的熱飲和簡便食物，讓他的精神也跟著恢復了不少，不再像早些時候幾乎連思考都很困難。

他回想起那棟奇怪的房子以及黑色的地板。

從後門進去之後他就一直感覺到那棟房子很怪，但是沒辦法像平常一樣考慮那些代表什麼，像是有誰在阻撓他。

那是棟什麼房子？

一樓遭到破壞，但是看得出來家具還非常完整，不太像搬家也不太像有什麼遊民搬入，感覺上比較像是房屋裡的人出事後整個被維持當初的樣子保留下來，就類似他們曾經在四樓公寓看過的狀況。

加上那些腳和奇異的影子，虞因多少猜得出來那很可能是間凶宅，但是他不清楚是什麼凶宅……會把他搞成這樣肯定也不是什麼簡單的地方。

可能有必要再去看看。

下了這個決定之後，他突然聽到一些聲響。

一偏頭，就看見不知道跑到哪裡去搞到現在才回家的小聿被員警領著進來，手上提著一盒看起來應該是食物的紙盒。

「你跑去哪裡了？」按著頭，他看著慢慢靠過來的人問道。

看著他，並沒有說什麼的小聿逕自走向廚房，把手上的盒子丟到垃圾桶之後才緩緩地走回客廳，「家裡壞掉了？」環顧著出出入入的陌生人，他的語氣帶著點不確定。

「王鴻他那個渾蛋老爸找了人來砸房子，也不知道是從哪裡弄來我們家的鑰匙。」房子的鎖都沒有被破壞，看來對方手上可能有他家的鑰匙，難怪上次會把盒子放得神不知鬼不覺。一想到有人可以隨意進出自己家，虞因打從心底覺得一股噁心。

這和之前在外面丟東西不一樣，而是對方已經確確實實入侵了他的生活領域，威脅到住家安全。

如果今天不是嚴司在這裡，而是只有他和小聿兩人單獨在家，不知道會有什麼下場。

「……」緊握著拳頭，小聿抿緊了唇。

「算了，你晚回來也好，幸好沒有碰到那些人。」揉著還有點在痛的太陽穴，多少有些慶幸只有自己和嚴司在的虞因也懶得去追究他今天擅自跑掉的行爲，反正問了肯定十之八九也問不出個所以然來，多問只會多生氣而已，乾脆讓大人回來自己去問比較快，「警察大哥們已經去追查那群人了，我也打了電話給大爸，會找人來換鎖，另外也調了監視畫面，你不要因爲這樣又想自己搞什麼事情。」

看著眼前的人，小聿有點遲疑地點了點頭，「好。」

「那你跟我做約定。」伸出手指，虞因盯著眼前的小孩，「說你不會自己去做危險的事情。」

「……」看著手指，這次眞的猶豫的小聿愣愣地把視線放在手主人的臉上。

「你不敢嗎？」皺起眉，這次眞的有點不大高興的虞因壓低了聲音：「那麼，你到底想做些什麼危險的事情？和王兆唐正面衝突嗎？那個人很危險，比我們之前遇到的任何人都危險，你還不懂嗎？」

就這麼兩次，虞因完全了解對方不是他們之前遇過的那些凶手。

他沒有任何原因、沒有任何忌憚就可以隨隨便便處理掉他覺得礙眼的人，他的車上載滿了正在尖叫的亡靈，這種人把人命當成垃圾，是完全不能講理的對象。

「他不能活著。」伸出手，小聿抓住眼前大學生的手指，語氣無比認眞，「我的家壞掉了，很多人都是。」

「你到底想要做什麼？」聽到他難得的多話，沒有感覺到有趣反而覺得全身開始發寒的虞因抓住了他的手腕，「不行，你要答應我不會去找那個人。」

「好。」小聿點點頭。

虞因直接一巴朝他的腦袋打下去，「一聽就知道你在唬弄我。」

「不是叫你不要欺負小聿嗎！」

剛好走進客廳的虞夏大步踏了過來，直接朝虞因的腦袋上呼巴掌，「還有小聿！你給我在這邊坐好反省，我等等回來再問你……在搞什麼啊你們兩個！」這兩個是今天統一要來找麻煩的嗎？一個鬧失蹤，另外一個是被人尋仇，倒是很有默契。

被打得腦袋嗡嗡響的虞因目眩了下，沒立即回得了話。

氣沖沖地跟著員警上樓，看見自家又被砸的虞夏嘴裡還唸著會給那些人好死之類的話，很快就消失在樓梯盡頭了。

晚一些進來的是剛停好車的虞佟，「人沒受傷吧？」沒有踏上樓梯去擠位置，他就像平常回家一樣放好東西後走進客廳，前後跟幾名員警打過招呼後才在沙發邊坐下。

「我沒有，不過嚴司大哥有點擦傷。」從頭到尾都被卡在床底的虞因連個瘀青都沒有，出來後只看見嚴司身上有幾道傷痕，大概是黑暗中不知道碰撞到什麼造成的，比較起來，反而是那些入侵者傷得比較重，剛剛被扛出去的那個身上還插著筆，怎樣看都覺得驚悚。

點點頭，虞佟摸摸坐在旁邊小聿的頭，然後看了眼桌上的便利商店速食，「我去弄點吃喝的大家一起吃。」他所謂的大家是連整屋子的員警都包含在內。因爲夜也已經深了，大概還有些人也都空著肚子來幫忙處理。

還是弄點可以讓他們帶回局裡的包裝好了。

走進廚房時，他注意到小聿也跟了上來，就像平常一樣跟過來幫忙。

沒多講什麼，虞佟快速地準備簡便的材料，同時看見了被塞在垃圾桶裡的紙盒，翻開後看到裡頭是好幾個小包裝的蛋糕，不像壞掉，還帶著淡淡的香甜氣味，「這是誰扔掉……」

「不要了。」按著虞佟的手，小聿把盒子蓋上整個塞得更裡面一點，把蛋糕連同紙板一起壓得扁扁。

「好吧，下次記得要丟在廚餘桶，紙盒是得回收的。」什麼話也沒有問，虞佟站起身繼續剛剛的動作。

「……嗯。」

瓦斯爐上放了大鍋的水，慢慢地煮滾著。

熟練地把材料處理一下，虞佟拿出先前做好分裝備用的湯底和肉醬，然後背對著小聿停下了動作。

「雖然我不像夏一樣會問到清楚……」他頓了頓，有點希望剛剛聞到的味道不是自己的錯覺，「但是小聿啊，你可以告訴我你身上的味道是怎麼來的嗎？」

小聿看著眼前男人的背影。

因爲匆忙回家而來不及換下的衣服上沾滿了香甜的氣味，淡淡的，從女人的車上一路沾了回來，那味道此刻變得明顯無比，像是看不見的牆隔閡在他們中間。

「小聿，不要做出會讓大家傷心的事情。」

淡然地繼續處理著手上的包裝，虞佟有點說不上心裡的感覺，不曉得是疑惑還是擔心，他只能告訴不願意對他們說太多事的孩子：「你哥會很難過的，雖然，不是你眞的兄弟。」

「……嗯。」

這些，他都知道。

5

虞因沒有想到會那麼快再見到小海。

折騰了一整晚後，第二天一大早他打開暫住的客房房門，首先看見的不是小聿也不是他家二爸，而是讓他錯愕到了谷底然後瞬間完全清醒的臉。

「呦，早安。」揚起手，表現得很自然的小海完全沒有任何初次來到別人家顯得害羞的表情，「欸，我剛剛帶禮物過來，順便告訴我一下條杯杯的房間在哪裡。」

「禮物？」

還沒反應過來，樓梯口已經先傳來喊聲：「小海！麻煩請妳下樓好嗎？」

小海翻翻白眼嘖了聲，然後一把拽住虞因的領子，「條杯杯的房間到底是哪一間？」

「呃，大爸的話是旁邊那問，二爸是對面……」因爲不知道她在說誰，屈服於對該女的不明畏懼之下，虞因馬上就招了。

很滿意地鬆開手，小海搭住他的肩，直接把他一起拖下樓，「條杯杯你家整理得好乾淨，房間也被砸得很徹底，現在我人都帶來送你了，看你要打、要殺，還是要交給我處理都沒問題！」

邊被踉蹌地拖下樓梯，虞因只看見虞佟站在樓梯口，臉上除了無奈之外還有非常無奈。

「我很感謝妳的幫忙，但是一個女孩子這樣做太危險了，下次請不要做這些事情。」看著乖乖跳下樓梯的小海，虞佟吁了口氣，感覺一大清早就開始頭痛的。

「唉呦，安啦，我有烙人幫忙，四十個也抓給你。」把虞因推開，聞到味道的小海很好奇地看著廚房，「好香喔，條杯杯你在煮什麼？」

「早餐，等等一起吃吧。」

「太棒了，我老母很少煮飯，以前我阿兄和我都是在外面吃便當，條杯杯你很賢慧耶，眞的是那個叫啥……出得廳堂下得廚房之類的……」

「……我不叫條杯杯。」

聽著兩人漸往廚房走去，不知道自己一大清早爲什麼會被拽下樓的虞因打了個哈欠，朝客廳走了兩步之後，他就看見躺在玄關扭動的……人體。那四個人，手腳全都用鐵鏈綁得確確實實的還上了鎖，嘴巴被塞了抹布，其中一人的手背包著繃帶，看起來是新傷。

他突然知道什麼叫禮物了。

看那四個人旁邊還有成綑的鐵條、斧頭、球棒，應該就是昨天攻擊他們的那批人。只不過他沒料到小海居然神通廣大到一晚就找到了這些人，還可以全都拖到他家來。

「老娘已經警告過他們不准說謊了，不然以後見一次打一次，打到他們混不下去，所以這些卒仔會乖乖配合條子的問話，不用擔心。」小海拿著一碗不知道什麼的食物，從廚房裡晃出來在他後面補上這句。

等她走近之後，虞因才看到那是冰箱裡的綠豆湯，大概加熱過了，正在冒煙，「妳私下打人這樣不行耶。」

「老娘這是警民合作，幫你們抓通緝犯。」送了他一根中指，小海直接拐進客廳。

跟著走進客廳的那秒，虞因差點滑倒。

小聿坐在沙發旁邊看書和看電視的畫面很正常，不正常的是空氣中充斥的花香味，還有桌上那束怎麼看怎麼見鬼的鮮紅色大玫瑰，還是特別品種，整束花無敵囂張地塡滿了他家客廳桌面。

「……花是和犯人一起扛過來的？」指著整桌花，虞因咳了兩聲，也不用特別去數，九百九十九這該死的數字突然跳入腦中。

「喔，老娘聽說這是食用玫瑰，有機栽培的，要是放著不喜歡，吃掉也無所謂。」一屁股坐上沙發，無視自己穿著熱褲的小海，整個人橫躺了上去，佔掉大半的位置。

……問題並不是吃不吃啊。

虞因覺得自己的臉都囧了，他突然覺得大爸有點可憐，在局裡也被這樣攻擊過一次，心中可能有某部分已經快被擊垮了，「爲什麼妳老是喜歡送九百九十九朵？」

咬著湯匙，小海抬起臉看他，「那個啊，老娘問小弟，他說歌都唱──我早已爲你種下九百九十九朵玫瑰，所以怕送錯，送九百九十九朵一定就對了。」

「噗！」正在喝牛奶的小聿一口全噴了出來，然後連忙緊張地擦著沾上飲料的書本。

已經有心理準備的虞因倒是沒再被嚇到，「呵……呵呵呵……」那個小弟如果不是沒把過妹就是在整她，哪個狗頭軍師這麼白痴啊！

如果小海知道，那個小弟不知道會不會被打成豬頭死屍？

「你是在笑啥小？」斜了虞因一眼，小海喝掉最後一口湯，把碗放到地上。

「沒。」很怕那個碗被拿來丟他，連忙轉向廚房的虞因喊道：「大爸，要打電話叫人來處理嗎？」他指的當然是那些小混混。

虞佟從另一邊探出頭來，「我打過了，他們晚點會把人回收，過來幫我端東西出去。」

一聽到要幫忙，小海和小聿一前一後塞了過去。

不久，剛清醒的虞夏也下了樓梯，看到那些被綁在玄關的人也沒什麼太大的反應……除了給他們一拳收利息以外。

早餐過後，幾名員警來把那些混混和作案工具帶走，稍微和小海做筆錄後就離開了，可能也沒問出什麼，就把人交給虞佟、虞夏去處理了。

接著，幾個人都要各自出門。

「小聿，黎檢察官晚一點會過來，你不要再亂跑了，懂嗎？」站在玄關看著昨天才跑得不見蹤影的少年，虞佟很認真地交代。

抱著書本，小聿點了點頭。

「要說話算話喔。」虞因皺起眉瞪了他一眼。

「嗯。」

目送幾個人外加今天的意外訪客離開之後，小聿鎖起了大門，回到寂靜的房子裡。

玫瑰花的香氣填滿整個空間。

歪著頭看那些花，他想起冰箱裡有很多草莓，這兩天家裡的人從不同地方順路買回來的，另外也有不少其他水果。

距離方苡薰和他約定的時間還有一會兒。

他們今天和那女人約好在市區見面，女人說看到他們覺得很親切，想邀他們再一起去廟裡和家裡坐坐，聊聊天也好。

他們答應了。

□

「妳跟著我來學校幹嘛啊！」

看著從出門之後就追在他後面跑的小海，除了毛骨悚然外還感覺到很威脅的虞因看著那台野狼停妥，終於發出了自己的抗議，「欸，妳應該要回去睡覺吧，我看妳昨天根本沒什麼睡吧。」他後來才知道所謂的午班指的是下午五點到十一點，而姜正弘的晚班是十一點到凌晨四點，兩個時段的客層不同，負擔的工作量也很大。

擔任帶頭經理的兩人在固定的工作結束之後，還會留下來核帳和交接清理，小海回到家都已經快要午夜了，所以都會直接睡到隔天中午才醒。

午夜之後她還去抓人兼一大清早出現在他家，可見昨晚活動得非常徹底。

「老娘精神很好，不用你囉唆。」揮揮手，小海左右張望了一下，「原來你和我阿兄就是在這種地方讀書喔。」

「妳沒來過嗎？」愣了一下，虞因盯著女孩看。

「沒啊，老娘高中之後就到那裡工作了，學校啥啊無緣啦，讀書很好這個我也知道，不過老娘腦袋不好，怎麼讀都差不多那樣子，還不如早早找到自己有興趣的事去做，不用浪費時間。」走出車棚後，好奇地看著校園，她隨口講著。

「妳家裡沒問題嗎？」畢竟一個漂漂亮亮的女生高中畢業後就跑去夜店上班，生活在那種混亂的地方，虞因實在是難以想像阿方的父母怎麼會允許。

「喔，我老子說不要打死人就好了。」小海回答了牛頭不對馬嘴的答案，環著手想了半晌：「不過親戚們倒是講得很難聽就是了，說女孩子去做那個是落翅仔、不受教，他媽的老娘還眞想一巴掌送他們去黏壁當裝潢。自己小孩教得又怎樣，管事管到別人家。對啦，老娘就是只會幹這行，但是老娘管小弟、管店全都沒差錯，道上的人也都買老娘的帳，老娘不殺人放火、喝酒打小孩、簽賭嗑藥、飆車敲玻璃，管那麼廣是住海邊嗎？」

虞因咳了聲，「呃……的確多讀點書比較好啦。」他想現在的長輩應該也沒有開放到看親戚小孩跑去幹夜店卻一聲不吭的。

眨著漂亮的大眼，小海偏著頭看他，「這世界上人有百百種啦，老娘就是和書相處不融洽的那種。但是對老娘來說，活著這條路上混得有情有義、做該做的事、不害人性命就算得上對得起老子老母了。像你們說會讀書的那種人，長大之後沒事幹每天在家不工作、打小孩打老婆打老公打父母打阿公阿嬤、過得太舒服沒看見別人慘就不行，還有以爲全天下都是他奴隸的人、偷拿父母的錢去飆車打人的那些，和我們比起來，眞的有比較好嗎？」

「老娘知道自己走的是旁門左道，但是起碼老娘不違背良心，記得自己姓啥叫啥，拿自己該賺的錢，吃飯喝水，用的每樣東西都是工作賺來的，烙兄弟都是在別人侵犯我們店的狀況下才幹。老娘走路頂著天踏著地，比起那些做大官成大事卻天天都在後面收人錢財、害人消災，還有人前風光、人後吃喝嫖賭嗑藥發瘋樣樣來的人，眞的會比較差嗎？」

看著抬頭挺胸的小海，虞因轉開視線有那麼一瞬間真的很難反駁。

他突然知道爲什麼阿方他們會安心地讓小海在那裡工作了。

她有一種讓人很難忽視的強烈耀眼感。

或許就是這種強勢與正直才讓那些陰影下的東西不敢靠近吧？

「啊，不過老娘還是很尊敬條杯杯啦，這工作真他媽的難幹，以前條子多風光啊，現在的條子都不被當一回事，還倡導要親民，親到一點威嚴都沒有，眞是哀喔。」從口袋裡摸出棒棒糖往嘴裡塞，不怎樣在意話題的小海在校園裡逛了起來。

不知道該制止還是該導覽的虞因望天無語，正想打手機給阿方時，他看見了那個小女孩就站在幾步遠的走廊轉角看著他們。

等小海走了有段距離後，小女孩才快步跑來，一把抱住了他的大腿。

「雙雙，妳怎麼一直跑出來啊？」按著小女孩的肩膀，虞因疑惑地問著：「爸爸應該也需要照顧啊，阿姨不在家時妳應該乖乖的別亂跑才對。」

抓著他褲管的小女孩似乎不是很高興，臉色變得很陰沉，聲音也非常低悶：「如果爸爸需要我，就不會去找阿姨了，只有媽媽最疼雙雙，以前他們會打架也會吵架，但是只有媽媽不會對雙雙大小聲，爸爸心情不好也會罵我，所以我不在家也沒關係。」

拍了拍小女孩的頭，虞因直接將她抱起來，「不過妳也不能常常來找我啊，大哥哥要上課也要上班，不能天天陪妳玩。這樣好了，大哥哥介紹警察姊姊給妳認識，以後妳無聊就去找警察姊姊玩好不好？」

「不要！」雙雙大叫出來：「我只要有祕密基地就好了！」

中止虞因傷腦筋的是因爲聽到聲音去而復返的人。

「呦，沒想到大學裡也有小孩子喔？」晃回來的小海瞥了一眼抱小孩的虞因，逕自從口袋裡抓出另一根棒棒糖遞給她：「小妹妹妳好，我叫小海。」

「小海姊姊。」抓著棒棒糖，小女孩親暱地喊著。

左右看著一大一小的女性，虞因有點詫異她們居然會那麼和樂。之前小女孩碰到女警的態度根本不是這樣子，凶得跟什麼一樣。

「妳是這傢伙的妹妹還是他女兒？」指著虞因的鼻子，向來有話直說的女性完全無視對方的白眼。

「雙雙是阿因大哥哥的好朋友。」睜大了圓圓的眼睛，似乎對眼前女性相當有好感的雙雙摸著小海的單邊耳環，「因爲大哥哥說可以再來找他去祕密基地，所以雙雙想帶他去看雙雙的寶藏，很漂亮的東西，小海姊姊要一起來嗎？」

「寶藏？好啊。」小海很爽快地答應了，「大家一起去，滿有趣的。」

「……麻煩請正視一下我的想法好嗎？」這兩個是怎麼回事，一大一小就擅自決定了他今天又要去那棟見鬼的房子嗎？

正想反駁時，虞因突然想到這說不定是個好機會，大鐵板小海在的話應該不會像昨天那麼危險。根據之前的經驗，那些東西一看見小海簡直就像看見閻羅王一樣閃得不見蹤影，如果那棟房子眞的有什麼，說不定這是個很好的機會能夠稍微看清楚。

不知道是被什麼驅動，他把到嘴的話又吞了回去，改成了「那就走吧」這四個字。

於是，他們眞的就移動了。

□

第二次來到這棟怪異房子前，虞因的評價仍然和先前沒什麼兩樣。

詭異，而且陰森。

跳下車後，小海環著手打量房子，「奇怪了，老娘怎麼覺得這裡有點眼熟……？」

「妳有來過嗎？」訝異地看著旁邊的鐵板，虞因問道。

「喔，倒是沒有，不過這地址和路段都很眼熟，好像老娘在哪邊聽過。」甩甩手上的牛仔外套，小海左右看了一下，轉頭跟著小女孩的腳步往房屋後院走去。

有點算是半故意的，虞因刻意跟在女性的後面。

沒感到異樣的小海就這樣一腳踏進了房屋後院。

那瞬間，虞因明顯地聽見了多種怪異的聲音不斷從庭院裡跑開，無人的空間都有奇異的跑步聲穿過了水泥牆磚，消失在牆裡。

他突然覺得帶鐵板來可能是正確的。

小女孩鑽進房子後，小海皺著眉推了推卡住的門，「這也太小氣了吧，老娘沒看過哪家的房門是卡這樣的，後面有東西堵住嗎？」

「……沒有，大概是故障。」來過一次的虞因當然知道裡面什麼都沒有。

「這樣很難走路耶。」扳了門兩下，小海直接重重地踹在門上，原本卡住的門被踢了幾下之後真的鬆動了，幾個僵硬的聲響之後，後門喀唧一聲被硬是弄開。

同一刻，淒厲的尖叫猛地由裡傳來。不只一個，而是好幾個人在裡面極力地驚恐嘶叫。

原本站在外面的虞因只覺得腦袋劇烈一痛，那聲音灌進耳朵後像有什麼東西重重敲擊他的頭一樣，全身立刻脫力軟倒。

他的眼前一片血色。

摔在地上後，他從門口處看見了整間屋子全都是血，滿地布滿暗紅色濃膩的鮮血，像是廉價顏料打翻般不斷向外延展，將原本潔白的大理石貪婪地吞噬。

頭很痛，全身都在痛，身體有好幾處像被人用刀切進去一樣，讓他全身開始無法自制地抽動起來。

很多腳在屋內跑著，然後有人在追著他們。

刀起刀落，一隻尾指掉落在血泊之中，銀色的指環被紅色覆蓋，被人踢到另外一端。

恐懼。

盈滿的惶恐幾乎讓人反胃。

有人倒在血泊中，瞪大著殘留眼淚的眼睛對上他的，放大的瞳孔中顯現曾經多麼地害怕，有人不斷地攻擊再也沒有生命的肉塊，骨頭在重擊下破碎得不成原形，爆出的血管在爛肉中不斷灑出血液。

他不斷地看到腳。

原本很多，逐漸地減少。

尖叫聲還在。

他已經分不清楚那聲音是從房子裡傳出來還是從自己嘴巴裡傳出來，死亡的感覺那麼貼近，就像握著刀的人輕輕地在他耳邊呼吸，聞到的全都是深入骨髓、難以抹滅的腥血氣味。

「虞因！」

有人在搖晃他，喊著名字的聲音遙遠又不切實，他無法判斷那是否是他的名字，而他只看見紅色。

啪地一聲，刺痛從臉上傳來。

剎那間，什麼感覺又突然都回來了，血色開始慢慢退開。

「老娘在叫你有沒有聽到！他媽的你這傢伙該不會有癲癇吧！」

小海的聲音從那些尖叫聲中傳來，清晰又特別，那些嘶吼哀號像被覆蓋了一般，緩緩開始淡去。

他抓住了肩上的手，用力地咳嗽後腦袋和眼前才清楚了過來，「我……沒事……」蹲在旁邊的小海吐了口氣，「幹，老娘差點被你嚇死。」她還以爲這傢伙翹定了，正想打電話叫救護車。

閉上眼睛，用力地喘了幾下，重新讓新鮮空氣填滿身體後，虞因才睁開眼睛、鬆開了小海的手，意外的是他沒有像昨天一樣那麼不舒服，也沒有渾身的脫力感，除了摔在地上造成的擦痛和剛剛那一下頭痛外，行動上沒有受到影響。

確認他眞的沒事後，小海扶著人重新站起來，「眞的不行要講欸，老娘會打電話找人開車過來。」

「嗯，謝謝。」按著頭，確認眞的沒太大問題後，虞因朝她笑了笑。

「不要沒事亂嚇人，老娘也是會被驚到的。」說著，像是要掩飾剛剛的慌張，小海毫不猶豫地一腳踏進屋子裡。

這次再也沒有尖叫聲，虞因看著她踏進去後，原本黑暗的屋子裡居然有點微亮，仔細往地上一看，陽光順著後門照進屋內，帶來了些許溫度，連那些窗戶外也映上了微微光亮，一反昨天的那種陰鬱詭譎。

「哇靠，這裡也太不通風了吧，幾百年沒人住啦。」小海說著，隨手弄開了幾扇窗，屋內一下子吹進了風、照進了光，封閉的腐敗氣息慢慢開始被排出去，換上了新鮮的空氣。

進入室內後，他們看到先一步入內的雙雙坐在樓梯口，一臉無聊地等著他們，旁邊的雜物都被推開了。

「你們好久喔，雙雙等了一陣子。」小女孩看見人都進來了，嘻笑地站起身，不知道爲什麼對剛剛的騷動毫無反應。

「老娘剛剛在外面叫那麼大聲妳沒聽到喔，在忙啦。」有相同疑惑的小海瞥了小女孩一眼，後者搖頭說沒有，笑嘻嘻地跑上了樓梯。

虞因看著樓梯，灰塵積得很厚，但上面有好幾個斑駁的腳印，除了剛剛小女孩跑上去的印子外，還有一些不知道是誰的，而灰塵下面還有深沉的黑色腳印。

彎下身抹了抹灰塵，小海刮了一下那個黑色的腳印，「幹，是血……啊，老娘想起來了，這個地方是凶宅啊。」

「凶宅？」看狀況也心中有底的虞因並沒有很驚訝，稍微訝異的是小海知道這地方，

「妳聽過什麼嗎？」

「之前那些小的有在講，隔壁店的條仔和人家打賭來這裡睡一晚拿五千，結果早上來看到他在外面發抖，說裡面整晚都是鬼在尖叫，衣服一拉開身上全都是血手印，人的狀況也很差，回去躺了一個月，差點就被收回去了。」好奇地踏上階梯，第一次來到聽聞中的凶宅，小海感到很有興趣，「後來賭到八千都沒人要來，早知道那八千老娘就賺起來了。」

很想學經典恐怖片拉著衣服問小海是不是像這樣，不過虞因可沒那種膽；除了昨天那件衣服沒帶來以外，最主要的原因是小海肯定是那種就算看到鬼也會把對方揍得像豬頭一樣的那種人，他還是不要自己討皮肉痛比較好。

「不過這裡之前發生很大的事情，老娘想大概是被壓下來了，新聞沒什麼報，聽到是說這戶的老子拿刀殺死全家還殺死訪客，最後自己燒死自己。」

小海的話讓虞因整個震了一下。

他停下腳步，「……是不是只剩下一個活口？」

「喔，你也知道，是說你老子就是條子，也沒道理不曉得吧。」小海聳聳肩，直接踩上二樓的區域。

某種窸窣聲夾著倉皇的腳步從二樓很快地消失撤走。

看著幽暗的房子，虞因實在很難想像這裡的人曾經過著怎樣的生活，尤其是「他」在這裡到底是怎樣，這裡的人究竟……

二樓的走廊同樣有些灰暗，沒有任何窗與光，前後有三個房間，更上去是三樓，差不多相同的格局，接下來樓梯就到盡頭了，整條走道上彌漫著一股難以形容的臭味。

「這邊這邊。」走到盡頭主臥室的雙雙對他們招手。

從走道到房間並沒有太多雜物，除去一樓不說，整間屋子的用品被收拾得整整齊齊，物品擺放得相當有秩序，多少可以想見女主人或其他住戶的用心收整。

不過現在，這些物品全都被蓋上了灰塵，有深有淺，有的上面有些指印。

二樓主臥室是個相當大的房間，中間擺著彈簧床，兩邊是如同一般臥房的布置。跑進來的小女孩坐在床側另一邊，然後打開了梳妝台，從裡面拿出了個小盒子，獻寶似地遞給他們，「這是雙雙在這棟房子裡找到的寶藏，是雙雙的寶物。」

接過了盒子，小海打開一看，澄透的淡淡流光從盒子裡面溢出。

那是一條項鍊，不知道是銀還是其他合金的雕飾圓柱體中鑲著紫色的寶石，色澤飽和沉穩，讓人看著就有種不可思議的安穩感。

看著寶石的顏色，虞因突然覺得那個色彩似曾相識，就像某人眼睛的顏色，越看越覺得一模一樣。

「很棒吧，這就是雙雙找到的寶物。」

□

這房子是少荻家的住所。

或許應該說曾經是。

他站在路口處，望著被其他屋宅遮掩的房子僅露出的部分壁面。

「那就是你家嗎？」靠在車門邊，方苡薰揹著手晃著腳踝，跟著視線看過去，在一大堆平凡無奇的屋子裡看見的也不是多麼特別的東西。

沒有搭理方苡薰，小聿轉開了頭，注視著從對街便利商店走出來的女人。

女人的名字叫沈淑寧，就住在兩條街外，已經離婚了，育有一男一女，男的在外工作、

女的在外地就讀高中，兩人都不太回家，平日就只有獨居於透天厝中，是普通的上班族，假期則在廟宇裡做些雜務或者拜佛，一待就是一整天。

雙手環著飲料、食物的女人小跑步朝著他們過來，東西在途中被小聿分擔了一半。邊稱讚著他好乖，女人邊把東西全放進了車裡，熏得甘甜的車內隨著開門動作而散得淡些，不過隨著所有人入座關上門後又開始變得濃膩。

偷偷地憋起氣，這兩天被搞得有點頭昏腦脹的方苡薰看著坐在旁邊、神色自然地像完全不受影響的小聿，不知道他是怎麼搞的，好像完全不怕那種味道。

第一次在廟裡因爲待不久所以沒什麼感覺，但是後來在車上坐久了，她一回家馬上發現自己有點不對勁。

沾上衣服的香甜氣息充斥在她的嗅覺中，讓她整晚不得安眠，翻來覆去都無法擺脫那個味道，整個人煩躁得直打枕頭，快天亮時才漸漸入睡。

所以她今天不但心情不好，連精神狀況也不好，看到路邊的狗都想踢，還得裝出乖小孩的樣子哄騙這個女人。

「到了。」小房車在轉過兩條街後，停在一棟房前，有小小的庭院可以停車，旁邊有條種著花草的小型花圃。

很快地跳下車，假裝好奇觀看的方苡薰發出驚呼聲：「阿姨妳有種花喔，好厲害。」她看著花與花之間有一小片黑色的土，和旁邊的普通土壤有點差異。

「是啊，在家裡沒事時會種點東西，以前比較勤勞啦，現在頂多就是澆水而已。」拿著物品開了門，沈淑寧先踏進了屋子。

看著女人的背影，小聿靠近方苡薰的旁邊，遞了東西過去。

接過一看，「薄荷糖？」方苡薰看了一下對方，後者沒有什麼表示，轉身也踏進屋裡。她翻翻白眼，把糖丟進嘴巴裡，清涼的感覺倒是紓解了些那種香甜味造成的不適。

她知道接下來進到屋裡後應該就沒有車子上那麼簡單了。

望著小聿塞給她的整條薄荷糖，雖然不知道有沒有效，總之總好過沒有吧。這樣想著，方苡薰也跟著踏進了屋子。

如同他們所預料的，屋裡每處角落都充斥著那種味道，放在客廳後小神壇上的香爐裡還插著好幾支香，不斷散發出相同氣息，透明的氣味融入空氣，再滲透到任何一處地方、肌膚或者是血管。

「你們隨便坐，我去泡茶切蛋糕，一會兒就好了。」

盯著婦人消失在廚房裡後，小聿才走到神壇前拉開了小抽屜，裡面放滿了香，每支都是含有讓人上癮的毒素成分。

他家過去也是這樣子，一包一包、一把一把地塞滿了小抽屜，在即將用罄時總會出現陌生人將新的香再度置入他們的家。

小聿直到現在還是不曉得，爲什麼當初會選上他們。

他不懂，也不明白。

「你看，有相片耶。」方苡薰的聲音打斷了他的思考，關上抽屜轉回身就看見她正靠在旁邊的玻璃櫃，仔細地盯著裡面擺放的幾個相框，「這好像是她的兒子和女兒，看起來應該是之前照的，兩個人都滿小的。」

靠過去看到相片的那瞬間，小聿狠狠地愣了下。

「那是三年前的照片喔，你們兩個過來吃點心吧。」不知道何時出現在身後的女人微笑說著，將兩個聚精會神盯著相片看的人給嚇了一大跳。像沒有注意到他們的反應，沈淑寧聲音溫柔地解釋著：「我和前夫離婚之後和小孩一起去外地玩，後來大兒子去他爸那裡上班，女兒現在還在讀高二，和你們兩個差不多年紀。」

「你們看起來感情很好呢。」掩飾了一瞬間的不自在，方苡薰回到沙發上接過蛋糕，這麼回應著。

「是啊，因爲我前夫很少回家，所以小孩子幾乎都是我帶大的，以前年輕不懂事，高中還沒畢業就幫人家生了小孩，現在算算大的都二十幾了，說起來也已經很久沒回家了，不曉得在他爸那的工作現在怎樣了，老是叫他要找個好點的工作……」說到後來像是在抱怨的女人顫抖著語氣，連自己都沒有發現地陡然轉變：「一直一直、都沒看到人，翅膀硬了就不想回來了，不管大的小的都是那副德性，也不想想當初到底是誰將他們拉拔長大，說不回來就不回來！」

「阿姨……？」看著女人漲紅的臉，方苡薰試探性地喊了聲。

似乎沒有聽到，語氣更加激烈的沈淑寧重重地拍了下桌面，巨大的聲響迴盪在房子裡，她幾乎要尖叫出來：「爲什麼要這樣對我！如果不是我維持這個家，他們還可以長得這麼大嗎！你們到底以爲你們是誰啊！」

裝著蛋糕的盤子被砸到小聿的腳邊，清脆的哀號聲後破碎的瓷片散了一地，原本成型的蛋糕在地上碎爛地散發最後的香氣。

像是被聲音猛然驚醒，女人錯愕地看著另外兩人，然後連忙抬起手輕輕摸著旁邊方苡薰的臉頰，「對、對不起，嚇到你們了，阿姨不是故意的。」

「妳只是一時激動。」

「是的，我……」

抬起頭，沈淑寧看見一雙異常冰冷的紫色眼眸，正定定地望著她，似乎連她接下來的話語都被看穿，讓她反而什麼話都說不出來。

「沒有辦法克制自己，所以要原諒妳。」看著眼前身體帶著些許顫抖的女人，有那麼一瞬間，他將她與記憶中的某人重疊，就像昨天才發生的事，那個人環著身體告訴別人請原諒他，他只是一時激動，不想傷害任何人。

破碎的盤子折射的是不同的臉，暴怒、道歉、沉淪，全部都是相同的人。

按著牆面，小聿抹了一下臉，他的心裡有什麼在動搖著，想要傾倒出來的憤怒讓他想將那些碎片全都插在女人身上。

不知名的力量在催促著他這樣做。

緊緊地握了握拳，他在女人的目光下轉身跑出了玄關，身後的方苡薰似乎發出了叫聲，接著安撫著又面臨抓狂邊緣的女人，尖叫聲和女孩的聲音混雜成一片。

他在暈眩。

噁心和反胃的感覺不斷從喉嚨湧出。

壞掉的家總是充滿尖叫聲。

跑出屋外後他拿出了手機，上面寫滿了黎子泓的來電號碼，就像昨天一樣，有人不斷地在找他，這讓他知道自己還在這裡。

顫抖的指尖按了快速撥號，手機立即發出訊號聯結另一端的人。

很快地，手機被接通了，「小聿？」

他環著身體，聽著那端傳來的聲音，那個好管閒事的假兄長喂喂了好幾聲，問他是不是又跑去哪裡晃蕩了。

不適感漸漸平息，就像胸口的憤怒逐漸消失般，他的指尖不再顫抖，手機另一端的聲音讓他想起了他該做的事。

在對方有點不耐煩、瀕臨罵人前，小聿重新呼了幾口空氣，回答：「晚上會回家。」

然後他切斷通話，將手機放回包包裡。

是的，如果不將所有事情做一個終結，他就不能回到眞正的家，而這個人會再弄壞更多家。就像是蝗蟲一樣，不斷蛀食著生命，又快又凶猛，必須制止他，切斷他的頭顱、擰碎他的身體，直到他墜入地獄再也回不來。

如果不這樣做，他的憤怒和哀傷無法平息，那些被壓在最深處的恨意無從發洩。

小聿冷靜了下來。

「阿聿，你在幹什麼？」方苡薰匆匆地追了出來，一把握著他的手臂：「雖然裡面那個女的很欠揍，但是現在還不到翻臉的時候啊！」她花了好大的工夫才把那個女人安撫下來，現在正在裡頭收拾地板。

微微偏了頭看著女孩，在看到相片的那瞬間小聿就認出來了，相片裡的其中一人他曾經見過，雖然已是幾年前的相片了，但是那男孩並沒什麼變。

那是他和虞因的開始。

故事回到源頭，他們互不相識、虞因還討厭他的最初始。

「她是王鴻的媽媽。」

虞因瞪著手機。

「不知道在搞什麼鬼。」他看了看陽台外面，一片的寂靜，從這裡可以看見屋子周圍，不過並沒有什麼特別的。之後他走回了室內。

小海和雙雙坐在床上打開梳妝台，一一地把玩著物品。

開窗之後，屋外的空氣緩緩流進，他還是可以聽到一點若有似無的腳步聲，但是感覺距離他們相當遠，並沒有靠過來的傾向。

「他們家值錢的東西都沒了。」晃著腳，小海突然丟過來這句話。

「咦？」虞因轉過頭去，看見小女孩翻開的梳妝台裡並沒有貴重物品，飾品也僅有幾個看起來已經開始氧化的廉價品。

「有借據，看來很缺錢。」甩甩手上的紙張，看到不同金額借據的小海聳聳肩：「有地下的行號，看來他們家真的很糟，明明房子看起來還不錯，應該也拿去抵押了吧，不知道銀行會不會來收……搞不好被鬼嚇跑了。那個活口也衰，還要揹一堆債，也不知道有沒有去辦拋棄繼承。」

環視著房間，始終聞到一種怪味的虞因看著旁邊正在把玩項鍊的小女孩，然後和小海示意了一下就獨自走出去。

在走廊上，他聽見了樓下傳來了腳步聲，而味道在往上的樓梯口漸漸深濃。

向上的樓梯沒入黑暗中，他看見那個穿著套裝的女人有一半消失在黑暗裡，就站在三樓樓梯邊由上往下俯瞰著他。

上面？

看了眼房間裡的兩個女孩子，虞因拍拍胸口，深呼吸了下，才小心翼翼地往上走。

樓上整片黑暗，轉過階梯後陷入了伸手不見五指的黑，和一、二樓完全不一樣，同時虞因感到溫度猛地下降，輕輕地颳過他的皮膚。

他可以感覺到淡淡的不甘。

從上次差點往生之後，虞因覺得自己在感覺這種怪東西時好像變得更敏感，也不是說眞的什麼都看得見……基本上跳針眼還是和以前一樣，不過似乎可以更深一層感覺到什麼……

他覺得這地方似乎並不是對他有敵意，一反上次的感覺，這好像是對方的某段記憶。整棟房子在尖叫吶喊。

他還聽得見那種近乎淒厲的尖叫聲，許多人混雜的聲音從遙遠的地方傳來，像不斷重複著死前最恐怖的瞬間。

不是因爲不知名的強盜入侵，不是因爲被害，而是看著最親的人握著刀殺死自己那種絕望與無奈。

虞因無法想像那些人死前最後的想法與他們最後看見的畫面。

將刀送入親人身體時，他在想些什麼？

甩甩頭，他踏進了黑暗。幸好三樓與二樓的規格差不多，走道上也沒什麼雜物，所以虞因滿順利地走完那段樓梯，接著摸出了剛剛進來時鏘來的蠟燭和打火機。

點亮蠟燭的瞬間他看見有個黑影從角落一閃而過。

「這沒什麼、這沒什麼……」唸了兩句讓自己有勇氣往下走，虞因想想也覺得自己頗悲哀的，居然看鬼影可以看到習慣，搞不好其實他還滿適合去上那個什麼「鬼影追追追」的節目……扯遠了，如果可以，他還眞不想看見這些有的沒有的。

三樓相當涼，正確來說是冷，冷到他雞皮疙瘩都開始活動了，不過隨著進入這裡之後，聞到的那種臭味確實越來越濃。

那是屍臭味。

已經不是第一次嗅到，所以他分辨得出來。

屬於某種生物正在分解而傳出來的氣味飄盪在空氣中，他不確定那是什麼，才走兩步，他就聽到右前方的一扇門裡發出了「嘟嘟嘟」的怪異聲響。

那是扇木門，乍看下並不特別，但是聲音就是從裡面傳出來的。他往前走了點，然後手搭上門把轉了幾下，發現門是鎖死的無法打開。

站在門前，他感覺那種味道特別濃烈，就像是從這扇門後傳出來的一樣。

人只要好奇心一起，就會特別想搞清楚眞相。

繼續嘗試了幾次，門還是打不開，虞因左右看了看也沒有其他工具可以幫忙，想了一下隨即趴下來，看看能不能從門縫看到什麼。

然後他看到了一雙眼睛。

在門板後，有一雙霧灰色的眼睛同樣看著他。

火光折射在快要看不見的瞳孔上，焰光奇異地閃爍著。

有那麼幾秒虞因根本沒反應過來，他只感覺很臭，從門縫傳來的味道異常惡臭，然後是那個聲音，最後他才意識到有一雙眼睛正對著他看。

整個人一毛，虞因馬上彈了開來。

「大哥哥你在幹什麼？」

「哇啊！」

被突如其來的聲音嚇了一大跳，蠟燭脫手掉在地上，殘存的餘光照亮了不知道什麼時候站在他面前的雙雙的臉。

雙雙撿起了在地上燒出黑色痕跡的蠟燭，「大哥哥，這樣不行喔，會把房子燒壞。」

捂著心臟，差點被嚇死的虞因重重地喘了幾口氣，連忙從地上站起來，「沒、沒事，我看一下這裡有什麼。」有時候他真的覺得人比較可怕，就像現在這樣。

「你們兩個在搞啥小啊！」從二樓上來的小海在樓梯口停住腳步，「哇靠，什麼東西那麼臭！」她聞到一股惡臭，在樓下並沒有那麼明顯，一到上面則變得異常濃烈。

「妳也有聞到？」虞因愣了一下，如果連她都有聞到就不是自己過敏了，那股臭味是確實存在的。

「幹，你鼻子是裝好看的嗎?那麼臭的味道你沒聞到?」小海邊罵邊看向四周，「這裡也太暗了，走廊都沒有窗戶的喔，是在幹什麼!」

說著，她躍過了虞因，打開另外一扇門。

這扇門的鎖面向走廊方向，並沒有被擋到。

門一開，光與風爭先恐後地往走廊竄了進來，逼走了好些腐敗的氣息。門後直接就是露天陽台了，並不太大，上面還架著晾衣服用的竹竿，上頭的塑膠膜已經破碎，顯然很久沒人使用了。

走出陽台的另一邊是落地窗，但是因爲由裡面貼滿深色紙張，所以看不出來裡面是怎樣的房間，窗戶也是鎖死的也打不開。

「這層樓只有那間而已，不知道是不是神明廳。」小海裡外轉了一圈，這樣告訴他們。

跟著走出陽台，虞因只覺得剛剛快被冰凍的身體開始回暖，心情也稍微平靜下來，一回頭就看見雙雙把蠟燭吹熄，笑吟吟地跟出來拉著他的衣服，「那個房間不能打開的喔……」

「嗯啊，不知道裡面有什麼東西。」沒有在意小女孩的語氣，虞因走向了陽台向往下看，然後他看見了一樓有人從窗戶探出頭向上看著他。

那種姿勢很不自然……因爲他看見對方的背，但是臉部正面卻是直直地對著他——那是張焦掉的臉孔，猙獰扭曲卻沒有任何表情。

下一秒，頭瞬間縮回窗內。

小海走過來靠在牆邊，「那個房間好像是木板隔間的，把可能要當神明廳的地方改成房間。」這並不奇怪，許多透天厝都是這樣的格局。

「喔。」隨口應了聲，沒再看見什麼的虞因抓抓頭，注意到附近其他住戶開始往這邊探頭，「好像引起別人注意了，我們先離開吧。」

「去，頂多以爲我們是來練膽的吧。」小海不在意地隨口說：「很多不怕死的痟人（瘋子）都愛來這裡打賭，你看樓下蠟燭油那麼滿就知道了。」

他還以爲那個都是雙雙弄的，不過回頭想想也對，一個小女孩應該沒有力量把房子裡的東西都疊到一邊清出客廳，弄得連原本的格局都看不出來。

不過說歸說，小海還是跟著他退回走廊，鎖上門，三個人魚貫地從房屋後門退出去，把那扇已經可以大開的後門關上。

離開時，虞因好像看見一輛黑車在街道另外一端靜靜地消失。

再抬起頭，他看見房屋的窗邊站滿了黑影。

尖叫的聲音，再度從已經無人的空間中傳來……

□

虞因回到家時已經傍晚了，看見客廳的燈是亮的。

他原本以為另一個人可能會晃到和昨天一樣的時間才回來，看來果然應該先打個電話回家問要不要順便買晚餐。

邊這樣想，虞因邊掏出鑰匙開門。

巡邏車悠悠經過，這兩天他家已經被列為巡邏重點，時常看見巡邏中的員警經過，有時候還會搖下車窗打聲招呼。

鐵門鎖已經換了，舊鑰匙打不開。

虞因吁了口氣，按了幾次門鈴，門很快就打開了。

鐵門後果然是早先回來的小聿，頭上還蓋著毛巾，看起來才剛洗過澡。

「你是怎麼進來的啊，還有洗完頭要吹啊。」直接就著毛巾揉他的頭，虞因邊說邊把摩托車牽進院子裡。

「鑰匙……寄放在隔壁。」

按著頭上差點掉下去的毛巾，剛從浴室出來的小聿連忙縮了縮身體，風帶來了陣陣寒意，他直接先跑進屋子裡。

回到家後，虞因才發現客廳裡還有另一個人。

「我買了一些食物。」正把遊戲主機裝上電視的黎子泓和他打了個招呼。

「……呃，黎大哥你今天不用上班？」看見桌上的紙袋，虞因快速端出飲料給客人。

「排休，有進辦公室一下，和虞佟約好中午後要來接小聿，結果他不在，所以在附近咖啡廳等到快四點多。」實際上打了無數次手機的黎子泓將最後一個接頭插好，然後從帶來的手提袋裡翻出很多遊戲片，旁邊的小聿接過後很認眞地選了起來。

看了放在旁邊的厚重公事包，虞因點點頭，知道對方應該是順便處理了公事，兩人一致把視線放在挑遊戲片的那傢伙身上。

偏偏被注視的那人還沒什麼反應。

在等小聿挑片時，黎子泓像發現什麼般微微皺起眉，然後橫過身拉住虞因的衣服：「你身上這是什麼味道？」

被這樣一問，虞因連忙拉住自己的衣服聞了聞，果然有股腐臭的氣味……他把那房子的味道帶回來了，整個難聞。

想了一下，大概曉得這是什麼味道的黎子泓站起身：「你在哪裡弄到的？」

「噓噓。」把人拉出客廳，一直拉到廚房裡，確定客廳的人沒發現異狀後，虞因才壓低聲音告訴他：「我去了小聿家。」

「你去了——」

「噓。」虞因急著探頭看向走廊，很怕小聿聽到，因爲最近他似乎情緒很不穩定。將聲音壓得更低地說：「嚴大哥沒有告訴你嗎？他把我的血衣拿走了，說要做啥鬼與人的第三類實驗……」

他覺得應該會被丟到玖深那裡，接著玖深就會發出無數的哀號。

最近，鑑識人員越來越怕他去找人了……

「血衣的事我聽說了。」但是還未看過，黎子泓瞇起眼睛，「你進去過幾次？」

「呃、就這兩天而已，我一開始也不知道那是他家，眞的是巧合。」虞因稍微描述了這兩次的狀況，刻意把小海也跟進去的事情先暫時隱瞞，怕讓她惹到什麼麻煩。畢竟小海的身分有點特殊，擔心會造成她的不便。

聽完之後，似乎若有所思的黎子泓並沒有立即接話。

過了一會兒他才開口，問的卻不是少荻家的事：「你說你看見的是一個穿著套裝的上班族女性……可能是雙雙的媽媽？」

「嗯，我是這樣覺得啦。」

「頭髮是長的短的？容貌？大概的樣子？」

被黎子泓這樣一問，虞因也有點傻眼，不過他還是稍微回想了一下，「很普通的感覺，頭髮黑黑長長的……」

「蘇潼雙的母親死亡時是褐色的短髮。」馬上打斷他的話，黎子泓講得非常乾脆。

「咦！」

這次換成虞因驚愕了。

那麼他看到的是誰？

「虞佟這兩天提到這件事時我有查了一下檔案，當年蘇潼雙家裡的車禍有許多疑點，在母親死亡後領了不少保險金，而父親隔年馬上再娶，這讓當時承辦的檢調有些懷疑，不過最後並沒有查出什麼，一切眞的都是意外，就這樣結案了。」

虞因偏過頭，看著旁邊的檢察官，「……她家是不是有問題？」

如果只是因爲他大爸提過，眼前的人應該不會特地去查，如果會去查，就代表他們家本身有過什麼問題。

黎子泓微微笑了一下，「你想得很快。當年檢調的確沒查出任何問題，但是有疑點的是後來的那個女性，最近我們在調閱和香有關係的所有案子時，發現了他再娶的對象和王兆唐接觸過，曾經幫忙推銷過線香。」

瞠大眼睛，虞因咳了一下，沒料到世界上有這麼巧的事，差點被自己的口水嗆到，「等等，所以你說雙雙她阿姨是王兆唐的下線……還是她也是上癮者？」要命，所以雙雙也是那個香的受害者嗎？

回想起這兩天和她接觸時發現的怪異舉動，虞因就有點發毛。

「這還不清楚，不過我們已經派出專員接觸雙雙的父親，而該女子到現在則下落不明，表面上看來似乎是捲款逃跑，但是實際上怎樣我們也無法確定。」黎子泓聳聳肩，也覺得事情好像有些巧合，淡淡地嘆了口氣，「你等等。」

說完，他返回客廳拿了公事包，接著從裡面翻出了幾個文件夾。

虞因就站在旁邊，聽見了從客廳傳來的電子音樂聲。

找到了相片後，黎子泓遞給他。

「所以，你在蘇潼雙身邊看見的是不是這個女性？」

接過相片看清楚時，虞因只覺得一股寒意從腳底冷到頭頂，頭皮一路麻到腳趾，全身的雞皮疙瘩都立了起來。

相片裡的女人在朝著他笑，雖然沒有穿著套裝，但是卻和他看見的人一模一樣。

長得還不錯的面孔以及長長的黑髮，連續幾次出現在他面前，被他誤以爲是雙雙母親的那個女人。

「這不是蘇潼雙的母親，是她父親再娶的對象，叫作林雅晴，已經失蹤五日。」

□

天色漸晚。

七點多時，被傳得繪聲繪影的鬼屋前停了一輛房車。

這是棟看起來非常普通的透天厝，但是不久之前因爲發生了滅門血案而整棟被廢棄閒置。附近居民晚上幾乎不會從這裡經過，不知情經過的人則常常被突然出現的人影嚇跑。後來據說變成不良少年的試膽地點，經常看見有人從裡面尖叫著、連滾帶爬地逃走。時間一久，連兩側的鄰居也搬走了。

誰都不敢繼續跟「這種房子」比鄰而居。

「……你們晚上約我出來不是吃宵夜，是來看鬼屋的嗎？」玖深放假還被叫出來看一年前才來過的房子，有種很想就這樣種在車裡不要出來。

鬼屋耶……

還沒有鬼時他就很怕這棟房子了，現在有鬼了居然還約他來。

含怨看著車主以及那個根本不怕死的虞因，他磨磨蹭蹭完全不想下車。

「感覺上你比較有空。」黎子泓環著手想了一下，給他一個讓人吐血的答案。

玖深哀了聲，把頭撞向旁邊的玻璃。

「而且你來過。」

車子熄火之後，不太擔心鬼屋裡有什麼的黎子泓先下了車，看著一片漆黑的三層樓房。他雖然來過幾次，不過還不曾進去過，關於屋裡的一切都是從檔案和相片中得知的。

虞因是第二個跳下車的。

他們並沒有告訴小聿要來這邊，打電話給嚴司等他過來陪小聿打電動後，他們才出門，也暫時不用擔心那小子又趁著沒人時消失得無影無蹤。

也不知道他想幹什麼……

「你說看到眼睛的地方是在三樓嗎？」轉開了手電筒，黎子泓敲了幾次車門，催促著還在裡面的鑑識員警快點下車。

「三樓有間上鎖的房間。」虞因到現在才發覺雙雙的話有點奇怪，她說的是「房間不能打開」而不是「房間打不開」。

可見房間裡有什麼東西是不能被看到的，並非一開始就鎖上。

過了快五分鐘，最後一個人才拖著腳步從車裡出來，抓著臨時帶出來的工作箱抖抖抖，「……先講，繞過一圈沒東西就出來。」他的精神承受不起繞它十幾圈。

「好。」甩甩手電筒，黎子泓思考著其實應該去辦個復電會比較好調查。

虞因出門前也拿出了家裡露營用的手提燈，看著白亮的強光，突然覺得有探險的氣氛。

記得之前拿來他家玩的遊戲片裡就有類似的恐怖場景……

強光一晃，他看見窗戶上有張人臉壓在玻璃後，等想看清楚時卻消失了。

……說不定應該找小海來的。

不過現在是她的上班時間，找她可能會被她揍，而且可以當餌的大爸也不在這裡，還是不要想太多比較好。

順著後門，三人分別進到屋內。

玖深從頭到尾都貼在黎子泓的背上，只差沒跳上去給他揹而已，整個人完全不敢看其他地方，視線只固定在前方人的西裝布料上。

走在他們身後的虞因在強烈白光中看見了屋裡的陰暗處有腳，像是在角落觀察著他們這些入侵者似的，腳並沒有接近他們，不曉得是護身符的作用還是眞的不想接近。在光線射過去後，腳不見了，但在下一個陰暗處依舊會看見不同的腳。

看著滿室淩亂，黎子泓皺起眉，「事件發生後沒有繼承人或親戚來接手整理嗎？」他推推黏在自己背後的玖深，問道。

「呃、他們家沒有和其他親戚往來，另一家則招完魂就走了，與他們並沒有親戚關係，唯一的法定繼承人是小聿……所以……」要是小聿不處理，也沒有人可以動這屋子。偷偷地看了眼和他記憶中不太相同的破舊大廳，玖深趕在看到怪東西前連忙把頭又鴕鳥地塞回去。

就在幾個人繞了大廳一圈之後，某種淒厲的尖叫聲突然順著樓梯傳了下來，來得太過突然，靜寂的空氣像在瞬間被強烈撕扯開來。

抓住了拔腿想往大門逃的玖深，黎子泓將手電筒照向樓梯方向，完全被黑暗滲透的樓梯上什麼也沒有，尖叫聲持續了幾秒之後馬上靜止。

「你你你你們……沒有聽到那個聲音嗎……」

差點腳軟的玖深指著樓梯口，朝另外那兩個還想繼續上去的人大叫：「上面有不科學的東西啊！」

「我們就是因爲這樣才來這裡的。」其實對於這類事物並不會感覺到特別害怕的黎子泓拍拍他的肩膀，「心正不畏邪。」

「騙鬼！阿因的心難道是歪的嗎……」還不是一天到晚都撞那種不科學的東西！

「玖深哥，不要牽拖到我這邊來啊。」虞因馬上反駁回去。

「既然你這麼怕，那在門口等我們好了，如果有發現會再叫你。」黎子泓想了想，指著深鎖的大門告訴對方折衷辦法。

「啊，玖深哥你要小心一點，因爲樓下有好幾個，不要撞到人家。」虞因這是好意，怕他自己一個人待在下面十二連嚇。

「該死……」

抓著黎子泓的西裝，玖深聽完忠告之後根本不敢自己單獨待在樓下，一面在心中滴著血淚，一面跟著踏上樓梯。

他到底是爲什麼要放著溫暖的家不待，來這裡和這兩個人做他最害怕的不科學探險啊？也不是眞的要把在場的鑑識人員嚇死，黎子泓思考過後直接略過二樓，走向虞因說有問題的那個三樓房間。

一踏上階梯的轉彎處，四周溫度明顯異常下降，就連被夾在中間的玖深都打了個噴嚏。

「一樣的臭味。」黎子泓嗅著空氣中越來越濃的味道，幾個箭步瞬間走上三樓，馬上就看見了側邊的房門，他上前轉了轉門把，完全鎖死無法打開。

看著門縫，黎子泓無視於滿地的灰塵髒污直接趴下來，將手電筒朝房裡照射。

幾乎在同時某種「嘟嘟嘟」的聲音傳來，在沉寂的空氣中特別地明顯。

玖深縮了一下，「那個那個，我們快點打開門看完趕快走人行不行？」這裡眞的超不科學的，連氣溫都不科學，這種活像是冷氣房的超自然溫度到底是什麼東西？

「你會開鎖？」黎子泓和虞因同時轉過頭看他。

「這種的……可以。」看著好像有點黑的房門鎖，玖深從箱子裡摸出工具：「……只要對面不要有不科學的東西。」

但是就是有。

虞因默默地爲友人感到哀傷。

開門並沒有花很多時間，不用一分鐘他們就聽到喀的開鎖聲，玖深順勢打開了房間，就在同時，惡臭也跟著撲面而來，讓人窒息的強烈氣味把最前面的鑑識人員嗆得不停咳嗽。

立即打開旁邊的陽台門通風，不過味道依舊臭到讓黎子泓皺起眉。

翻出了口罩、手套給其他人，玖深接過了提燈往貼滿黑紙的房間裡一探，只見一個人躺在房間中央的矮桌上，密封的房間裡沒有任何蚊蟲，溫度低得讓人頭皮發麻。

提燈照亮的是一具屍體，長長的黑髮，穿著上班族套裝，布料已經被屍水、血水浸染成另一種深色，只勉強可以認出布料原本是灰的。

屍水沿著屍體往下滴落，掉在塑膠盒子上方，所以不斷傳來「嘟嘟嘟」的空蕩聲響。

虞因轉開了視線，卻在下一秒看見角落中有一雙腳，旁邊則站著那個女人，灰色的眼睛和面孔用一種極度怨毒的表情瞪著他們。

「打電話報警。」黎子泓把自己的手機塞給快奪門而出的玖深，接著注意到地上和著屍水沾黏了幾張千元大鈔和一些香枝。

看見地上有些腳印，他沒有踏入，等其他支援人員到場後再進入現場。

「我出去外面一下。」虞因實在受不了那股味道，推著玖深出去陽台打電話。

擺擺手，彼此交換了提燈，黎子泓繼續站在門邊探查整個房間的擺設。

房間的布置很簡單，連接陽台的落地窗不知為何被貼上了黑紙，地板是普通的大理石，一張學生桌，一張小床，一個櫃子，就幾乎沒有其他東西了。

有桌子應該就有椅子……他在角落找到一些斷裂的木頭，看樣子應該是壞掉的椅子，但看來似乎是近期才壞的。

之後，他突然感覺到大腿一痛。

發生得很自然，某個冰冷尖銳的東西從他的側邊穿過了褲子布料，貫入他的腿。

黎子泓無意識地低下了頭，看見一張算是相當漂亮的小臉，那張臉沒有任何表情，在提燈的強光下蒼白得嚇人。

是個小女孩，小女孩鬆開了手，原本握在掌心的錐子全插進他的腳裡。

「誰准你進來我的祕密基地！」

小女孩發出了吼叫。

□

「雙雙妳在幹什麼！」

見到屋內驚悚的畫面，第一個衝進去的虞因立即拖開了還想攻擊的小女孩。他們壓根沒注意到房子裡還有人，也不曉得小女孩到底是從哪裡出來的。

劇烈掙扎的小女孩直接在他臉上抓下幾道血痕，「都是你的錯！大哥哥明明知道這裡是我的祕密基地，還帶別人來——」尖叫聲充滿了整個房子，「誰准你們進來的——」

「沒事吧！」虞因壓制小女孩的同時，玖深連忙翻找著工具箱，想找出可以進行急救的物品。

黎子泓半跪在地板上，摸了摸傷處，「好像沒有傷到主要血管……」可說是不幸中的大幸，雖然有痛感，但是應該沒有立即危險。

「這裡是我的——」被壓在地上的雙雙在掙扎一陣子之後，開始哭叫了起來：「爲什麼你們都要這樣子對雙雙……我好痛……」

聽著小女孩刺耳的哭號聲，不敢大意的虞因只能原地先將她壓著。抬起頭時，他看見正對著他的陽台外站著那個灰色套裝的女人，後面還有很多腳，像在圍觀。

他聽見了房子深處傳來的尖叫聲。

然後，警笛聲開始壓過了慘號。

幾分鐘後，房子四周被照亮了，又過了些時間，大燈與發電機被送了過來，屋裡的黑暗被完全驅逐了。

許多員警擁入了封閉的房屋，將深鎖的大門、窗戶都打了開來。

不知不覺中，那些腳和女人都不見了。

女警將大哭的雙雙抱走，接著將房屋周圍拉起封鎖線，過了段時間後，有人匆匆忙忙地拿著急救箱跑上來。

此時，玖深正發揮他的專業幫房間拍照與錄影做紀錄。

「哇塞，你們三個大半夜說要來這裡就是為了被捅和找屍體嗎？」來得很匆忙的嚴司在陽台外看見另兩個人，吁了口氣，「幫你叫救護車了，傷得嚴不嚴重？」

說著，他蹲下身看了黎子泓的腿側，還露出一點錐身的凶器上全都是血和鐵鏽，看來必須打個針和徹底消毒了。

「沒關係，你先看一下那具屍體。」不怎麼介意傷口的黎子泓比較想弄清楚那具屍體是怎麼回事。

「沒差那五分鐘，屍體跑不掉。」先幫友人做緊急處理，嚴司罵了聲。

「咦，你跑出來，那小聿呢？」虞因左看右看沒看到人，邊揉著臉上傷口邊問。

「接到消息之前你大爸就回家了，老大好像正趕往這裡，應該也快到了。」嚴司看了對方一眼，把消毒水和藥水拋給他。

虞因點點頭，轉身看著樓下，閃爍的警示燈不斷交雜著，好幾名員警走來走去，不知道在說些什麼，大多都是臨時調來支援的轄區員警，看來似乎還在等其他鑑識人員和援手。

暫時處理完黎子泓的傷口後，嚴司跟著踏進了房間檢查女屍。

站在陽台的虞因看著另一邊的小女孩，在女警安撫之下似乎冷靜多了，一雙沾滿眼淚的大眼睛看起來無辜可憐，整張小臉紅通通的，連女警都被激發出了點什麼來，不斷耐心地安慰著她。

「大哥哥……」

軟軟的童音從空氣的另一端傳來。

緊抓著衣襬，雙雙用一種害怕卻又渴望的表情看著他，他這才發現小女孩身上穿著的是李臨玥買給她的那件洋裝，而不是早先來時穿的衣物。

雙雙像受到驚嚇的小動物般，試圖朝他伸出手。

虞因嘆了口氣，然後蹲下身。

露出大大的笑容，小女孩立即撲到他的身上用力地環著他，差點把他勒得喘不過氣。並不在意這點的小女孩發出了可愛的笑聲，和方才的哭鬧表情完全不同，點點眼淚滴在他的脖子上，帶著涼意。

「大哥哥不要生雙雙的氣……」

拍著小女孩的背，虞因將她抱起來，感覺對方的氣息都呼在他的耳朵上。

「跟你說……雙雙的阿姨需要受到教訓……因爲她不乖……」小女孩軟軟的唇瓣就貼在有點發熱的耳廓上，像是撒嬌一般的話語：「她穿了媽媽的衣服，她穿了雙雙媽媽的衣服……所以她應該跟媽媽道歉……爸爸說媽媽在天堂……所以壞阿姨應該去地獄，一直一直、一直地跟天上的媽媽說對不起……」

聽著那些低語細喃，虞因只覺得冷汗似乎從身體某處滑落。

小女孩的笑聲清脆無邪，像天使般的笑。

「所以，雙雙就送阿姨去地獄了。」

很小心地握起了手，小女孩這樣告訴他，像是說著什麼非常溫柔的祕密一般——

「接著就是爸爸了。」

7

「死者確定是失蹤的林雅晴。」

虞夏把報告放在桌上，接著看著發現者一干人等，「阿因……我不是叫你不要沒事情去搞這些出來嗎！」

砰地一聲桌面直接受到重擊，恐怖的聲音在室內迴盪。

同時嚇到往後抱住椅子的虞因和玖深，驚恐地看著他家因熬夜已經瀕臨抓狂的老大。

過了三秒，不知道為什麼會跟著被恐嚇到的玖深才意識到對方不是針對他，就立刻咳了兩聲坐好。

坐在中央完全沒變表情的黎子泓向前翻開了初步報告，「確認身分了嗎？」

「嚴司取得牙醫的齒模，經比對後確定是本人。」狠狠地瞪著自家半夜跑去找屍體的小孩，虞夏耐著火氣回答：「死因為出血過多，根據嚴司的判斷，死者的創傷在腹部，但不是致命傷，如果當下緊急送醫該不會有生命危險，造成死亡的是持續兩小時左右的出血量。」

「二爸你是說她在那裡流了兩個小時的血而死的嗎？」虞因愣了一下，有種難以形容的感覺從心裡生出。

「正確來說是昏迷了兩小時直到死亡，除了那一刀外，嚴司發現她的頭顱有受到重擊的傷口，經過比對凶器應該是那張壞掉的椅子。以屍體的狀況來看，死者有過掙扎跡象，所以受傷時意識是清醒的；頭上的敲打痕跡則在之後，從地面上散落的物體以及現場並不凌亂的狀況來看，她倒在桌上後就沒有再掙扎過了，屬於昏迷後出血而死。」按著有點發痛的太陽穴，連續幾天加班的虞夏在辦公室內來回走動著，「那個小女孩子到現在什麼話也不說。」

「蘇潼雙的父親呢？」放下簡單的初步報告，黎子泓直接問出另一個重點。

「員警發現時他昏迷在浴室裡，不知道是不是推輪椅進浴室時摔倒……但是該在現場的輪椅被拉到屋外去了，這點還在了解狀況。」停下腳步，虞夏看著他們，「而且我們在現場發現了香。」

「香？」黎子泓瞇起眼睛。

「嗯，數量不少，但是卻有好幾種不同包裝，每個包裝的存量都不止一包。」也是聽現場回報的虞夏打算下午之後再去一趟了解，「全都放在天花板上面，同時屋子裡也有小型神壇，但是使用的香的包裝又是另外一種。」

「……存貨，那個女性死者與蘇潼雙的父親其中一個有可能是賣香人。」大量不同的包裝囤積在天花板這種不是平常容易取得的地方，而平日用的卻又和囤積的不同，這就不是向各種人買來這理由所可以解釋的，很有可能他們本身就是中間商，將不同的包裝依照價錢與數量販售給不同的需要者。

黎子泓環著手，思考著到底還有多少這樣的人和家庭在使用這些東西。

被安置在另外一個房間的蘇潼雙已經出現了明顯的攻擊傾向，顯然他們已經使用了一段時間，她身上的傷痕也無法猜測是不是因此而來。

只是他不理解，那麼小的孩子爲什麼會對父親和繼母有那麼重的敵意？

「林雅晴可能是那個小女孩殺的嗎？」看著虞夏，黎子泓有種遺憾的感覺。

「不，應該不是，嚴司說腹部那刀砍得非常深，而且一刀進出，依照力道來看，我們要抓的應該是個成年人。」看著上面的紀錄，虞夏稍微模擬了下告訴他：「兩個人是站著的，面對面，另外一個人朝她的腹部猛烈襲擊。」

黎子泓點點頭表示了解。

「那個妹妹完全不肯配合，什麼都問不出來耶。」吞了吞口水，玖深舉手發言。幾個人同時把視線轉向正想拿飲料的虞因。

「呃、又是我嗎？」指著自己，虞因覺得自己真的好像每次都沒事找事做……

「她從回來之後就一直哭著說要找你，你到底是對那個小女孩怎麼了？」瞇起眼睛看著自家老闖禍的小孩，虞夏語氣森冷地問著。

「也沒幹什麼啊，才認識不到三天……」頂多就是拉去給朋友脫一層皮吧？虞因對於小女孩會這麼依賴他也感到很奇怪。

啊，該不會是那個吧……時機到了之後宰掉你之類的。

「如果方便的話，可以再去看看她嗎？」看著目前唯一一個可以安撫小女孩的人，黎子泓詢問著：「她可能會有線索。」

抓著頭，虞因也只點點頭，「問不出來我也沒辦法喔。」

「這當然。」

目送著玖深和虞因離開之後，黎子泓才把視線轉回來，看著在旁邊椅子坐下來的員警。依舊有點煩躁的虞夏抓起報告翻了幾下。

「有點像。」

「啥？」轉過去看著不知道還要幹什麼的檢察官，虞夏本能地回他一個字。

「……聽說少荻聿當時也是這樣，只肯抓著你和虞佟，誰也沒辦法處理。」當時還不在這邊的黎子泓從交接的前任檢察官那邊聽來這些事情。

「喔，那個喔，很正常啊，畢竟當時那種狀況，小聿會抓第一個看見的人也是理所當然的，有點像是救命吧。」虞夏揚揚手。被他一提也想起了當時的情況，因爲小聿完全不肯讓其他人碰，連社工也帶不走人，所以只好破例讓他們帶回家，已經經過一年了，時間過得眞快，「不過他現在就比較黏阿因了，兩個人常常同進同出咧。」

「強烈的依附感嗎……？」

「什麼？」猛地一抬起頭，虞夏沒有聽清楚剛剛的話。

黎子泓搖搖頭，「沒事。」

□

他盯著時鐘，上午九點。

昨天晚上虞因、虞夏，還有另外幾個人整晚沒有回來。

攪拌著鍋子，小聿有點出神地盯著小時鐘，直到鍋裡的東西滾沸得冒了出來，才中斷了他的思緒。

因爲這兩天瞞著所有人跑出去的事已經開始引起了懷疑，他知道今天虞佟想帶他一起去局裡，所以他故意假裝打電動打得太晚而睡過頭，任憑房外的人敲了幾次門也不給回應。

之後虞佟放棄了，只留了張紙條說中午會回來，叫他不要亂跑。

將瓦斯爐的火轉小，小聿蹲下身打開櫃子，裡面塞滿了昨天的成品……昨天用剩的空罐子不知道還夠不夠裝……

算著時間，他今天早上收到沈淑寧的簡訊，邀他們再過去一趟，因爲看他們兩個很投緣，想要再找他們兩個聊天。

其實這樣也好，說不定可以套出點什麼……

轉身時，小聿頓了一下，顯然在空氣中觸碰到了某種物體，但是他看不見。

從很久之前就這樣了，偶爾轉身時會撞到或碰到些什麼東西，他也記不清楚是從什麼時候開始的，每當賣香的人來到他家時，那種感覺就特別多，像是有另一種訪客隨著對方踏進他家。

他沉在水裡，可以感覺到那種目光的注視。

但是他什麼也看不見。

曾經試圖摸摸看想知道究竟是怎樣的東西，但是總在碰到一半時就放棄了，冰冷的觸感不是這個世界應該有的東西，嗅不到的氣味、看不到的物體，都讓他遍體生寒。

來到這個家之後，偶爾幾次看見那種東西，虞因說看得很清楚，但他看見的則是一片模糊。

時間到的時候，他或許也會變成像這樣的存在吧？

「那時候……」說不定很快就會到了。

摸著口袋，不離身的美工刀似乎有些冰冷。

已經沉在水中而冰凍的心在這段時間恢復了很多感覺，會難過、會高興、會想要點什麼，很多他已經快忘記的感覺，包括痛感都慢慢地重新回到記憶中。

他知道為什麼那個時候他沒死。

如此憎恨他的男人寧願將友人一起殺死陪葬，也不願意觸碰他一下。

隔著門板的細語一字一句都記得如此清楚，讓他憎惡起自己的記憶力，如果他可以不要記得，說不定會很輕鬆地在第一天就讓自己消失在世界上。

但是他沒辦法死。

男人不殺死他，因爲他不是他們家的人，所以男人連殺都不想殺他，連碰都不想碰他，就只因爲他不是他們家的人。

「可是我是啊……」

感覺到臉上有點濕意，他不自覺地說出了這樣的話。

他的家，他已經壞掉的家，如此排斥他、如此不愛他，連死都不願意讓他跟著，直到最後也不讓他再看看他們。

他只想再聽聽他們的聲音。

怨恨也好，就算他不在裡面也好，只要再一次可以聽見那些聲音就好了。

發現有這些想法時，身邊既空虛又寂寥。

只希望可以再一次……

那些憎恨他的話語，只要能再一次聽見，什麼都無所謂了。

於是他了解自己的終點將會在什麼地方。

直到該懲罰的人得到懲罰之後，他會……

「爲什麼不能愛我？」

他的一半感覺到溫暖，一半感覺冰冷，溫暖來自於別人，渴求的另外那半未曾滿足過。

逐漸回憶起各種感覺時，也有些什麼漸漸甦醒了過來，那個賣香的人哄騙父親買下毒藥時所說的甜言蜜語，一次一句從門外傳進的話語，還有他帶人拖走姊姊抵債時所吐出的冰冷笑聲，兄長受到傷害疼痛的哭叫聲，慢慢地開始清醒。

尖叫聲穿過水面。

那個房子從未停止過悲淒的聲音。

那些眼淚匯聚成冰冷的水，混合著血，再也不會停止。

□

「雙雙聽見阿姨和爸爸說，誰教你車禍時要一起出門，我們的計畫是撞死那個女人而已，你太晚下手了，所以我幫你。」

坐在椅子上晃著小腳，露出燦爛微笑的雙雙摸著虞因的臉，「所以雙雙覺得爸爸也應該去跟媽媽道歉，一直一直，跟天堂上的媽媽道歉。」

偌大的室內無人出聲。

兩、三個女警捂住嘴巴倒抽口氣，對天眞的孩子竟然說出如此扭曲的言語感到無法置信。

蹲在椅子前，虞因看著仍在笑著的小女孩，怎樣都說不出話來。

雙雙比他所以爲的還要配合，他只是問了一句爲什麼，小女孩就將自己的祕密全部說出來，勾著笑意看著他，毫無保留。

「雙雙那麼髒、那麼髒，大哥哥卻對雙雙那麼好，這個世界上除了媽媽以外，我最喜歡大哥哥了。」拉著身上沾血的洋裝，小女孩卻非常開心，「那是個祕密基地，雙雙是媽媽、大哥哥是爸爸，只有我們兩個可以在一起的祕密基地，所以雙雙只要大哥哥就好了。」

虞因張著嘴，發不出聲音，按下了胸口的疼痛感，稍微深呼吸之後才繼續問她：「爲什麼阿姨會在那邊？妳看見了什麼嗎？」

「嗯，看見了，因爲雙雙騙她去，她想要雙雙的寶物，紫色的那個很漂亮，她說可以換很多錢，所以雙雙告訴她寶物在祕密基地裡面。她進去了，後來有個大大的叔叔也進去，兩個人在房間裡面講話，講得很生氣，之後叔叔就走掉了。」用手比劃出一個很大的圓形，小女孩認眞地向他形容對方有多高大：「然後雙雙進去，看到阿姨躺在桌上，肚子在流血，很痛的樣子，所以雙雙拿椅子把她打昏，鎖在裡面，讓她痛到死掉，和媽媽一樣很痛地死掉。」

握著虞因發涼的手，像是在說童話故事的小女孩發出了輕輕的笑聲告訴他，從母親去世之後父親變得很暴躁，不知道什麼時候開始，家裡有香香甜甜的氣味。

好像是在車禍前後的事情了。

那個阿姨從以前就很常來，都帶著甜甜的味道，媽媽去世後就住在他們家裡了，家裡的氣味一天比一天還要濃烈。

她看著父親和阿姨在笑，他們覺得她很礙眼，不讓她上課，也不給她飯吃，偶爾只給她冷冷的食物、不要的麵包。

她時常在大學附近徘徊，因爲學校周圍的店家會給她熱的東西吃。

「阿姨把雙雙洗乾淨的時候，會帶我到不認識的叔叔那裡去，叔叔都說雙雙很可愛，然後一直摸我，雙雙說很痛他們也不會停下來。」撩起衣服露出底下的傷痕，小女孩摸著那些疤，「有的叔叔會打人，就這樣，都在這裡。手、腳和臉不會打，因爲阿姨會跟他要錢。」她說每個叔叔都長得不一樣，一樣的是他們的房間都有甜甜的香氣，和她家相同，阿姨將她帶到旅館時也會點那種香，讓整個房間都香香的。

「叔叔們只有在雙雙乾淨的時候才會抱我，可是阿因大哥哥一點都不怕我髒，雙雙最喜歡你了。」

摸了摸小女孩的頭，虞因嘆了口氣，轉頭看向其他員警。

做紀錄的人按下錄音的停止鍵，抹了把臉，示意他可以了。

虞因站起身的時候，腳有點麻。

但是他不介意，他很想出去吸口新鮮的空氣，很想快點回家，想要快點回去看一下自己在家的小聿。他們兩個已經有好一陣子沒有好好地玩遊戲、逛街了。

那種揮之不去的悲苦感很沉重。

不知道何時開始，他已經習慣了有兄弟的存在，就好像原本眞的有另外一個手足一樣。

早上醒來、晚上回家都有人打開燈打開電視坐在那邊，乍一想起還以爲那是原本就應該有的畫面。

啊，原來他眞的已經接受了有兄弟的存在。

從最開始的討厭到現在，習慣眞的是一種很奇妙的東西。

「阿因，你可以先回家了。」有人走過來，拍了拍他的肩膀，對他說他做得很好，接下來的事情警方會處理。

他看著小女孩，有那麼一瞬間將她瘦小的身影和少年重疊。

像是知道自己的命運，也知道再來必須說再見了，小女孩並沒有像之前一樣大吵大鬧，只是默默地握著他的手，「雙雙的寶物送給大哥哥，我最喜歡大哥哥了。」

彎下身，虞因抱了抱小女孩，「妳要乖，如果有機會我會再去看妳的。」他想，小女孩應該會被轉到保護中心吧，在適合的機會下將會有新的家庭帶走她，然後重新擁有一對美好的父母，讓她能夠忘記傷痛。

「嗯。」用力點點頭，小女孩伸出雙臂抱著他的脖子，粉紅色的柔軟唇瓣用著沒人聽見的細語慢慢說著——

「你跑不掉的，雙雙會來找你。」

因為祕密基地裡，她是媽媽，大哥哥是爸爸。

缺一不可。

然後，小女孩微笑著被帶走了。

□

他覺得很疲累。

搭著便車回到家門前後，虞因和載他回來的巡邏車道了謝，那時候已經將近中午了。其他人原本叫他在局裡吃過飯再回來，不過他婉拒了。

打開門，家裡沒有人，一種好像是食物的香甜氣味還殘留在空氣中，不知道是不是剛煮過什麼，味道還沒散掉。

不知道為什麼，虞因突然覺得有點心驚。

他們可能錯身而過。

「又不接手機……」撥了好幾次電話，虞因看著始終沒人接聽的話筒，有點怒火。

拿著外套轉身出門，才一打開大門就看見意料外的人站在門口，「小班長？」瞠大眼睛，他沒想到在這種時間會在他家門口看見他。

「不可以出去。」跑得很喘的季佑胤擋在他前面，「不要出去。」

「發生什麼事情了？」看他那麼急不像來惡作劇的，虞因連忙拍著他的背問道。

「不知道，可是……」季佑胤拍著胸口也說不上來爲什麼，「可是她……」他只是在那一瞬間聽到熟悉的聲音告訴他，但是他也不知道是怎麼回事。

虞因抬起頭，看見那個跟在季佑胤旁邊的女孩在對他搖頭。

「……妳知道他去哪裡了？」直視著幾乎隱沒在空氣中的女孩，虞因開口詢問。

不曉得爲什麼，他眼皮直跳，整個人從警局出來之後就感到有點慌張，似乎有什麼事在他不知道的地方正悄悄發生。

季佑胤回過頭，並沒有看見其他人，但他知道對方並不是在跟他說話。

「告訴我。」虞因看著面露遲疑的女孩。

女孩有些畏懼地看著他，過了半晌才輕輕地指向了路的另外一端。

虞因連忙轉回去發動了摩托車，正想奔出門時，看見了友人從街道另一邊走來，「幫我照顧一下他們！」喊完，他立即衝了出去。

大老遠被吼了聲的李臨玥嚇了一跳。

「又是小孩！」看到所謂的「他們」……其實只看見一個人的李臨玥大叫著：「你當我保母啊，渾蛋！」

把朋友的話拋在腦後，虞因催動油門便快速地衝出了巷口。

他總覺得好像哪裡不對勁。

大街上車來車往，根本不知道行進的方向，虞因在紅燈前停下時迷惘了，他只有一種怪異的衝動，但是卻根本不知道該往哪走。

然後，他看見在對面街道出現了兩個孩子的身影，如同往常般對他招手、嘻笑著。

其中一個問他來不來，接著兩個便轉身消失，細小的身影出現在更遠點的柏油路上，拍著手向前跑去。

毫無猶豫，虞因跟著那兩道身影。

他知道他們已經沒有惡意，雖然前陣子在屋頂上的事讓人很難忘懷。不過已經稍微開始變得透光的孩子看起來很乾淨，並不是那時烏黑的顏色，他們或許即將離開這裡，然後前往下一個地方。

隱約地，他覺得他應該是最後一次看見他們了。

行進的終點就是他昨夜的起點。

看著眼前的房屋，裡面還有員警在進出。

「阿因？你怎麼又跑來了？」叫作阿柳的鑑識員警看到人很是驚訝，正想收工時沒想到會看見他，「老大有警告說不准你再進來，快點趁老大還沒回現場時先回去吧……還是你有東西掉在裡面？要幫你找嗎？」

「……有一個盒子，應該是在二樓的梳妝台那邊，裡面有條紫色的項鍊，那是小聿的東西。」看著陽光底下無比安靜的屋子，虞因左右張望著，已經看不見帶路來的孩子們了。

「喔，我會幫你注意。」阿柳看他神色慌張，拿下了帽子也跟著他左右轉，「你是在找老大嗎？他剛剛才從局裡出來，可能還要二十分鐘才會到，怕被揍就趕快回去睡覺吧。」

「小聿有來過這邊嗎？」

「咦？沒有喔。」

那麼叫他到這邊來是……

虞因停下動作，他看見庭院中那片黑土上有一個黑色的人影，被火燒得焦黑扭曲，人體整個歪了一邊，不斷地在那片什麼也沒有的花圃上走來走去。

「阿柳哥，你看看那片花圃下面是不是有埋東西。」虞因抓著鑑識人員，指了人影所站的方位。然後，他回過頭，看見有腳從他身邊走過，慢慢地往另一邊的巷子穿過去。

沒多加思考，虞因直接車頭一調，追去。

被丟在原地的阿柳愣愣地看著遠去的身影。

「阿因是趕投胎嗎，那麼急？」旁邊也認識對方的員警疑惑地說：「好像沒看過他這麼緊張，要打電話給老大嗎？」

看著消失的背影，阿柳點點頭，「打一下吧，還有等會找幾個人過來，挖看看那塊花圃。」他想，虞因應該是又看見什麼了，雖然老大不准他亂進現場，但是每次他很肯定地說有的時候，十之八九都是真的有。

冥冥中就是有種奇怪的力量，雖然大多數人覺得只能做參考，但是相信也無妨。

那股力量，或許正推著遠去的那個人繼續前往下個地點吧？

阿柳聳聳肩，這樣猜測著，重新把帽子戴回頭上。

□

他被那雙腳引到另一棟房子前。

應該說，好幾雙腳。

在半路上虞因就發現腳影曾交替過，有的看起來像大人有的應該是小孩，有男有女，他們在指引自己前去最後一個地方。

摩托車在房屋前停下，引導他來的腳不見了，接著他看見那棟房子前面站著一個女人，乾淨的臉上紅紅的，像剛哭過，白色的圍裙上沾著茶漬和幾滴血色。

「妳把他怎麼了！」看見血色的那瞬間，虞因覺得整個人一冷，連忙跳下車抓住陌生女人的肩膀用力搖晃。

從玄關中傳來濃濃的香氣，那種讓人感到甜膩的不祥氣味。

女人過了很久才回過神，首先發出的是低低的笑聲：「原來就是你嗎……阿唐說找上來的就是你嗎……凶手！」

被女人一吼，虞因愣了一下，「妳是誰？」他警戒地退開身，看著女人從圍裙裡慢慢地、慢慢地抽出了一把尖刀，刀子是乾淨的，這讓他稍微鬆了口氣，但是神經依舊緊繃。

「你殺了王鴻……你害死他了嗎？他是我唯一的兒子……你害死他了嗎？」搖晃著身體，哭著的女人發出了淒慘的笑聲：「我的兒子，我一手養大的兒子……已經死了一年了，爲什麼你們都要欺騙我？」

「他不是我殺的！」虞因注意到女人的精神狀況不對，抓著安全帽往前一擋，刀尖順著光滑的帽面擦過他的身體，女人向前踉蹌了幾步，摔倒在花圃裡。

看見花圃中有一小塊地方也變成了黑色，虞因直覺哪裡不對勁，不過也沒有太多時間去分辨那是什麼，女人就已經跌跌撞撞地爬了起來，不死心地又朝他揮出一刀。

「爲什麼要欺騙我……你們那麼不乖，媽媽只是爲你們好啊！」女人尖叫著，全身不斷發抖地緊緊握著刀柄，連手掌擦出了傷痕都沒感覺：「那個男人害我害得那麼慘，爲什麼你們要跟著他走，爲什麼全部的人都要騙我！」

用力抓住女人的手腕，虞因將她的刀打落在地上，順勢踢到馬路邊去，「聽我說……我沒有騙妳，王鴻不是我殺的。」他感覺到女人不斷顫抖的身體和無法克制的痛苦，透出無盡的無助和哀傷。

「我不行了……我好痛苦……」緊緊抓著眼前的溫暖人類，女人嚎啕大哭：「我知道那個東西不能碰，但是我沒有辦法停下來……都是他害我的……我根本沒有辦法離開他……我不想再讓孩子和我永遠活在那種環境……」

虞因抱著整個無力軟倒的女人，騰出手撥了通電話給兩條街外的員警，請他們過來幫忙，然後將她扶到了一邊坐下：「請告訴我，小聿在哪裡？」他輕輕拍著女人的臉頰，抹掉了她的眼淚。

她需要人幫忙。

恍惚地看著眼前的人，幾乎瀕臨崩潰的沈淑寧根本認不出對方是誰，只記得另外一個男人交代她的話語：「海邊……有個鐵皮屋，那兩個小孩子都在那邊……」

「哪個海邊？」

女人茫茫然地給了他一個地址。虞因估算了一下，位置很偏僻，得走上一段路，而且他並不是很確定自己知道那個地方。

幾分鐘後，員警匆匆忙忙地趕來。

交代了他們那女人的身分和狀況之後，虞因吁了口氣。

就在他撿回安全帽準備上路時，他聽見了後面傳來很大的騷動，尖銳的哀叫聲不像是人類會發出來的。

一轉頭，他看見女人從圍裙中拿出了另外一把比較短的刀，劃傷了身邊的員警，面孔扭曲地朝他撲了過來，「我殺死你這個凶手——」

幾乎來不及反應，虞因只是愣愣地看著那把刀往自己的胸口插了過來。

就像電影裡演的一樣，時間像是靜止了一般，所有情景都像被人按了慢動作開關，他像是站在外面的觀眾，根本沒有感覺自己就是裡面的主角。

那瞬間女人飛了出去。

發著冷光的刀子劃開了虞因的外套，跟著女人一起被彈開。摔在一旁的女人按著頭在地上翻滾尖叫著，頭髮似乎被扯住了……而且好像真的有人扯著她的髮，不算短的黑髮全都朝同一個方向集中拉去，女人蒼白的頭皮完全顯露出來，幾乎要扯斷般地被拉成怪異的角度。

按著傷口爬起來的員警們目瞪口呆地看著眼前的恐怖畫面。

虞因向上看，看見的是另外一個女人拉著那些髮，她透明修長的腳邊有隻大型的貓正在發出低低的鳴叫。

他終於知道，為什麼當初她會一直徘徊在電子遊藝場等男友，不管怎樣都沒有離去。或許在那個時候，她已經習慣冷氣中的藥味了。

林秀靜對他露出一個哀傷的淡淡微笑。

「去吧。」

年輕的女孩張開了口，沒有聲音，但是嘴型卻明顯得像是透過腦中告訴他。

山貓發出叫聲，跳出了街道，像是帶路般地往前奔跑。

再也沒有任何猶豫，虞因套上了安全帽，握緊了油門倏地隨著山貓的影子衝了出去。

他們一直都在。

最後，將見證事件結束。

鬆開了手，女孩微笑著消失在空氣中。

8

「夏！」

有人猛然拍了他的肩膀。

虞佟回過身，看到的是有點不太熟的面孔，但是他知道他是誰，「……凱倫？」那個跟著大駱跑去南部之後消失蹤影的員警？

穿著黑色的上衣和牛仔褲，身上別著識別證、夾著筆記型電腦的年輕員警朝他笑了笑，「看到我很吃驚嗎？之前不是常常見到。」

「……不好意思，我是虞佟。」給了對方友善一笑的回應，並不是第一次被錯認的虞佟這樣告訴他：「夏的話在樓下餐廳，等會兒要去現場。」他好說歹說才把人罵去吃飯，還找了幾個人押著他的兄弟一起下去。

凱倫愣了兩秒，「喔、啊，對喔，你是雙胞胎的另外一位，抱歉。」他抓抓後腦，有點尷尬，「我們昨天才收線回來，想說剛好來這邊交代公務順道打個招呼。」

「你們不是去追大駱那條線嗎？」當然也知道他們在布什麼局的虞佟看著對方。

在那之後，虞夏把遊戲帳號丟給年輕的員警保持聯繫，兩邊陸續幾次交換情報，不過因爲所屬單位不同，也沒有太過深入。

「嗯，前幾天聯合那邊的分局把整個南部的製毒工廠破獲了，大駱可能還在那邊拘留，我後來在南部的單位有看見阿夏的名字，想說回來順便跟你們打個招呼。」對他們滿有好感的凱倫半靠在桌邊，從口袋裡拿出口香糖丟進嘴巴。

「夏的名字？」虞佟這次眞的疑惑了。

「你們去年暑假不是有去那邊嗎？就是民宿那件案子，我去地方警局調檔案時有看見，聽說破得很漂亮。」當時直接和當地員警聊了起來，也知道來龍去脈的凱倫這樣告訴他：「我們工作的地點其實就在那附近而已，在鄰鎭發現了王兆唐的南部工廠，不過他很狡猾，在我們抄進去之前就已經整個斷尾逃走了，現在抓到的人都不知道他去了哪裡，我們猜測他應該是逃回中部來了……順道一提，你們那時候找到的香毒就是從我們抄到的製毒工廠流出的，他們有一組推銷香的人手，現在那邊的分局正在了解擴散得有多大。」

「王兆唐已經回台中了，我們這邊初步接觸過，對方還派人來砸我們家。」聽著對方帶回來的情報，虞佟皺起眉，「你說有一組的賣香人，大概是以怎樣的方式？」

凱倫打開了自己帶來的筆電，迅速地叫出了一份檔案，上面寫滿了不同的註記：「他們的賣香人大多都是當地居民，先由中游幹部出手，可能是藉由廟宇、香舖、菜市場等處推銷讓人上癮，等到對方不自覺習慣之後再說服對方做下游的經銷。其實很簡單，就像老鼠會一樣，一般人怎樣都不會想到香有問題，很多居民家中都被查到了這東西，少量、短期的還好，長期使用的話依賴性會越來越嚴重，目前已經宣導民眾將有這種味道的香枝回收了。」

只是這樣子的東西又要怎麼回收？

根本不知道自己家中拜拜用的香哪邊有問題的民眾又要如何分辨？

而且實際上也不能做得太張揚，否則可能會引起恐慌，所以目前各地員警們正頭痛著，只能循著賣香人的清單一一循線探訪。

「你說賣香人有地區性？」

虞佟和凱倫同時轉過頭，看見不知道什麼時候回來的虞夏就站在門口。

「嗯，根據我們破獲的資料是這樣沒錯。」凱倫不知道爲什麼他的臉色會那麼難看，不過還是點了點頭。

幾乎也想到同一件事的虞佟不自覺地開了口：「等等……這樣的話這裡應該也有一間工廠。」不是之前那種公寓的小工廠，而是另外一種足以同時製造香、冷氣和香菸的地方。

「林雅晴是這裡的賣香人，王兆唐很有可能藏身在這邊的工廠中。」虞夏一個箭步跑了進來，抓著自己的外套就往外跑，「我現在去打到那個共犯說出來。」

能把大量香枝藏在天花板中的話，那麼那戶人家的男主人應該也是知道的。

虞夏匆匆地跑出去沒注意到，正好和衝進來的人撞個正著。

「SHIT！」被衝力撞到往後摔上地的滕祈罵了聲，然後按著發痛的腳側站起身，「虞警官，就算急也要看路……」

「你有看就不會也撞到我！」往後撞在椅子上的虞夏口氣也不怎麼好。

「發生什麼事情了嗎？」看滕祈的臉色很糟糕，虞佟立即拉開自己的兄弟。

「少荻聿在嗎？」看著空蕩的室內，滕祈在心中多補了兩句髒話。

「小聿？他今天在家裡。」看著對方急切的神情，不知道爲什麼也感覺到不對勁的虞佟連忙再次追問：「發生什麼事情了嗎？」

看著眼前的雙胞胎和陌生員警，已經找了一個早上的滕祈壓不住自己的低吼：「方苡薰那個笨女孩，她偷聽了我的電話，很可能已經找上王兆唐了，我幾個朋友說看見她和另外一個紫色眼睛的男孩子去了山上的廟，我們原本正在確定那個地方是不是王兆唐的藏身地……今天就聯絡不到她了，哪裡都找不到人。」

「你說什麼廟？」凱倫衝了過來追問。

「郊外的山丘那邊有座廟，我有朋友見過王兆唐在那裡進出，那個笨女孩一定是聽到了這件事。」接到消息說有人看到方苡薰出沒在那裡時他就覺得不大妙了，連續追問兩天都只得到「沒有」這個答案，接著今天人就失蹤了。

「廟在哪裡？」虞夏一把揪住對方的領子。

沒有人說出口，但是他們都想著一樣的事。

那裡，就是他們要找的最後地方。

□

他沉在水裡。

四周一片冰涼寂靜。

隱隱約約地，他聽見了熟悉的聲音，然後緩緩清醒。

「阿聿？」有人從後面頂了頂他的手，聲音很虛弱，幾乎沒什麼力氣地探問：「你醒了嗎？」

甩甩頭，他還感覺頭有點痛，整個人昏昏沉沉的，像是某種藥物的副作用，全身發軟難以移動，但是仍有基本感覺，他和身後的人被綁在一起，麻繩陷入了肉裡。

隨著暈眩的感覺回來，記憶慢慢地有點倒流。

他和方苡薰依約前去找了那個女人，女人端出了點心和茶水，不停地拉著他們兩個聊著無聊的事，直到他和方苡薰各自喝了水，記憶於是開始中斷。

他隱約記得自己曾嘗試爬起，但是被女人拿著的東西打暈，接著就都是黑暗的記憶了。

「我們被陰了。」被綁在另外一邊的方苡薰早些時間醒來，藥物的效果還沒退完，但是她已經清醒多了，「那個女的不知道在水裡面加了啥，可惡！」

動了動手，傳來痠麻和尚可忍受的痛楚，小聿才慢慢地抬起頭打量著目前的狀況——

四周有點黑，似乎在某個空間裡面，他和方苡薰兩個人背對背地綁在一起，中間似乎夾著什麼冰冷的東西，可能是柱子或棍管類的。

腦袋昏沉，但是他聽見了海的聲音。

周圍有人正在走動，過了一會兒有車子開了進來，聲音在空間裡面迴盪得特別大聲，車子最後停在他們看不見的另外一端。

不知道是誰打開了燈，空間裡立即刺眼地亮了起來。

他才剛清醒無法適應強光，難受地閉上眼睛，後方的方苡薰也低低地哀號了聲。

他聽見約有七、八個人叫老闆的聲音，接著是低沉的腳步聲慢慢靠近他們，在保持一定距離後停了下來，有人拿張椅子讓那個靠近者可以舒服地坐著。

「睜開眼睛。」

冰冷而熟悉的聲音傳來，與他記憶中隔著門板時聽見的一樣，他緩緩睜開眼，看見在白光中坐著的男人，掛著一抹惡意的笑看著他們。

「王兆唐！」先叫出來的是方苡薰，「你這個渾蛋小人！」

「好說，我還沒找上你們，你們就自己送上來了，省掉我的時間。」好整以暇地摸著手上的戒指，王兆唐從身旁的手下那接來了包菸，然後取出一支放到唇邊點燃，「我還以為少荻家的人全死光了，其實只要你不來找我，我也不會再回頭對你怎樣，那個叫作虞因的才是我這次特別回台中的目的，安排往大陸的船都已經準備好了，幫我兒子做點事之後我就要離開這裡去避風頭，不過你們兩個小的還眞是單純啊……以爲找到我的住所就能夠怎樣嗎？」

「殺死你。」靜靜的，小聿直視著眼前的人，這樣告訴他。

王兆唐突然發聲大笑，旁邊站著的幾個人也跟著笑了出來，「要死的可能是你們兩個，等到那個虞因來了之後，就跟著他一起下去吧。」

「爲什麼？」

「什麼東西爲什麼？」

笑聲停了下來，王兆唐看著眼前的男孩，覺得相當有趣。

「爲什麼會是我家？」小聿看著幾乎伸手能觸碰到的男人，冷冷地問著：「爲什麼？」

他一直都記得，這個人是突然進到他家的，帶來了那些香氣，讓他的家步向了永遠的毀滅。

但是他不懂，爲什麼會是他家？

「喔、你說挑你家嗎？」呼出了白煙，勾著笑意的王兆唐微微偏頭看著他：「既然你們兩個都去過，應該知道我前妻住在哪。那裡本來是我的，我每天進出都看到你們家庭和樂美滿的樣子，而我前妻卻天天找我吵架，動不動就說你們家有多好……真的有那麼好嗎？所以當我弄到香的原料之後，想到的就是你家，如何？有沒有很感謝我？」

他想，男孩可能會像其他人一樣衝著他吼，如果還能活動，大概會撲上來吧。

那個家庭太美好，父母孩子都有亮麗的外表與優秀的頭腦，和樂得讓人覺得自己只是一片陰影；回過頭，只看見成天對他工作反感的前妻，以及冷漠叛逆的小孩，那種全家和樂融融的笑容太過燦爛。

所以呢，他不過只是對他們開一點小小的玩笑。

事實證明，不管多好的東西還是會崩毀的。

看著那戶人家逐漸變成社區鄰人口中「夭壽」和「失德」，讓他感到無比愉快。

也不過就是這樣的家庭而已，沒什麼值得羨慕。

抬起頭，出乎他意料之外的，被綁在鐵柱上的男孩並沒有對他咆哮，也沒有怒吼。

「是這樣嗎……」毫無感情的紫色眸子朝向得意洋洋的人，並沒有因爲這樣的眞相而表現出對方期待的失控情緒，「你覺得這樣很好玩嗎？」

他的疑惑終於解開了，多麼微不足道的理由。

就只是這樣而已。

「對，沒錯。」拋開了手中的菸蒂，王兆唐站起身，拍拍帶著蒼白面孔的男孩，「不過現在你也沒什麼值得我娛樂的地方了，等到虞因來了之後，我送他去跟我兒子作伴，你就跟著一起下去找你家人吧……至於旁邊的小姑娘，看妳要跟著一起下去，還是陪我的手下去賺夠錢吧。」

「去你媽的賺錢！」方苡薰直接朝他吐口水。

輕易地閃過，王兆唐冷笑了下。

「你們兩個眞的很天眞，知道那裡是我的藏身地，但是怎麼沒有想想，既然是我的地盤，我怎麼可能會不知道你們來過。」他第一天就知道了，廟裡的人調了監視器畫面給他看，他立即就認出了他們。

所以，他把王鴻的死訊告訴那個女人，已經上癮的女人自然不可能拒絕他的要求。

「你的老婆……爲什麼也讓她用香？」小聿看著他，不只是沈淑寧，就連王鴻都有可能上癮了，他們明明是一家人。

「這樣他們就不會一天到晚想要離開我，有什麼好問的。」

叛逆的小孩、囉嗦的女人，從此之後就只能依附他而存在。

比起那種完美的和樂假象，這才是眞的擁有！那些人再也不可能對他說不要，反倒是美滿的家庭不堪一擊，這樣的結果讓王兆唐很滿意。

這個世界就是這樣，用對了方法才是勝利的人。

遠遠地傳來了摩托車的聲音。

他微笑著摸了摸男孩的頭，「好了，聊天敘舊的話就此結束吧，接下來我要處理事情了。」他留在台灣最後的要完成的事也只剩下這件，工廠的錢他全都洗出去了，離開的手續也都安排好了，最後只要送人去死一切就都完美了。

看他是個多好的一家之長，連幫兒子報仇這樣的事都做得到。

那個簽下離婚協議書的女人多麼笨，估計她也已經快崩潰了吧，也只能永遠後悔自己當初簽下那張紙。

王兆唐笑著，期待最後一件事的到來。

□

虞因看著眼前的鐵皮屋。

那是非常普通的自搭型工廠鐵皮屋，四周都是生鏽的鐵板，還有一些長滿雜草看起來已經不能再用的鋼筋。

離海很近的屋子有著經年被海風腐蝕的痕跡，沿著水泥鋪地再過去幾尺就是同樣已經壞得差不多的圍欄，再下面不用看也知道就是海了，這裡可能原本是個似私人的堤防後來被改成工廠使用，漲潮時拍上的浪花隨著強烈的風勢被帶上岸，打在人工地面上。

完全廢棄荒涼的區域。

回頭看著來時的偏僻小路，他苦笑著，要是這次眞的被種在這裡可能也沒人會發現吧？

坐在摩托車後座的山貓發出了幾個叫聲，就這樣在空氣中淡去了。

剛剛拚著一股熱血跑來，現在人眞的到了，卻突然想到自己忘記帶個防身的東西……如果對方埋伏，明年的今天眞的就可以來這裡拜他了。

「好吧，反正去也是死不去也是死，人要乾脆一點。」虞因抓抓頭，撥了手機後就直接往佔地不小的鐵皮屋走去。

他想，對方也應該在等他吧，所以拖太久沒有意義。

走近鐵皮屋時，馬上就看見許多雜物，和外面一樣堆了一堆破爛鐵板，屋頂上有幾個腐鏽的洞。屋子裡意外地並沒有他想像的那麼髒，甚至還看到幾台似乎被整理過的機台，看來最近有人曾在這邊出入。

接著一個染著怪異髮色的年輕人從機台後面走了出來，嘴上叼著細長的香菸，「有沒有帶人？」

虞因搖搖頭，順便抬起手表示他也沒有攜帶其他具有攻擊性的物品。

青年走過來搜了一次身後，抬抬下巴示意對方跟著自己，「過來。」

繞過大型機台後虞因看見了黑色的房車，就是最近經常在他家附近的那台，上面的司機已經不見了，接著就是被機台擋住後方較大的空間。

「小聿！」一眼看見被捆在房子後端的人，虞因跑了兩步，便被站在裡面的其他人給擋下來。

看起來似乎沒怎樣。

確認對方沒事後，虞因才看向另外那個站在旁邊的人，「你到底想怎樣，我講過幾次王鴻的死跟我沒關係，如果眞要講的話，他是死在自己手上吧！」好吧，再正確一點是死在鬼手上，但是鬼也是被他殺死的，並不能怪其他人。

「是不是都沒關係，反正我兒子就是點名你下去陪葬。我調查過了，據說你看得見東西，你應該也看得到王鴻在等你吧。」摸著手上的戒指，王兆唐漫不經心地隨口說著。

打從進到裡面就發現了，虞因看得到那個臉部已經扭曲變形的黑色形體一直在角落等待他，但是他也看得見不同的東西就在王兆唐的旁邊，同樣也在等他。

「雖然我很想叫你先把小聿放走，我們再來慢慢清算，不過我想壞人應該都會說那是不可能的事情吧。」看著一起被捆住的方苡薰，虞因多少可以猜到些來龍去脈，肯定是這兩個小的完全不聽勸告，自己送上了別人手裡。

他實在是不知道該生氣還是該笑，但是他想應該是生氣比較多，至少他目前的想法是把兩個小鬼都先抄起來打屁股。

「那是當然不行的。」拍了拍手，王兆唐面前的幾個手下立即擁上來，鐵棍木棒皆有，「放心，你也不會太快死，我兒子至少拖了一段時間才斷氣，不過我不會那麼殘忍，等我看夠了就會送你下去。」

「阿因快跑！」看著那群人擁上去，小聿跳腳大叫著。

「說過多少次要叫我哥！」

看著像是餓獸般撲上來的人群，知道自己根本跑不掉的虞因本能性地護住頭部。這時候突然想起一太要他學點防身術的忠告，但是現在想到也來不及了。劇痛很快地從身體各處爆開來，所有武器都打在他的身上，眞的可以用下大雨的形容詞來形容，又打又踹地讓他根本分不出來哪裡痛。

本能的驚慌與自我保護，讓虞因只能緊緊地縮著身體、抱著頭，聽到的全是那些人的叫囂謾罵聲。

……如果他的小孩將來會這樣，還眞想出生就掐死他。

因爲太痛了，所以虞因在一片叫罵聲中沒有察覺到其他東西靠近的聲音。

有幾根棍棒瞬間停了下來，接著是陣像尖叫的淒厲煞車聲，非常接近，原本圍著他打的那些人從謾罵變成了大叫，連逃離都來不及。迷迷糊糊中，虞因看到一台有點眼熟的野狼打橫直接從他的身上飛撞過去，一口氣把好幾個人像是保齡球瓶一樣給撞飛了。

血和哀號同時遍布。

帶著人體一起摔落在地上的野狼還不斷地發出像是咆哮般的聲音，被壓在車下的倒楣鬼不停地大叫著，就是掙扎不出來。

他抱著身體偏過頭，張開眼睛時只看見一雙白皙漂亮的腿從他身上跨過去，穿著長靴的主人脫下了安全帽，順手往旁邊的傢伙一砸，砸得對方滿臉是血地暈了過去。

「一太哥，我找到了。」

彎下身撿起了地上的鐵棒，跟耳機那端的人回報之後，小海掛掉了通話，凶狠地直視著眼前的打手：「幹！你們這些吃飽太閒的渾蛋，要是老娘的車壞了，你們就等著老娘每天三餐去問候你們。」

虞因聽見了尖叫聲，他看見王兆唐那邊的黑影全消失得一乾二淨。按著發痛的身體從地上掙扎起來，有點慶幸腦袋沒有被打到，之前醫生曾交代過頭不能再受傷了，不然可能會有什麼無法預料的後遺症……

接著他看向屋內，雖然小海的野狼撞倒了三、四個人，但是扣掉王兆唐，大概還有五個左右的打手圍在他們面前。

他和小海有辦法對付剩下的人嗎？

「你退後點。」微微回過頭，小海揚了揚手，「礙事，不要妨礙老娘。」

……他是障礙物嗎？

把躺在旁邊的人踢開，持著鐵棍的小海用棍端輕輕地敲了敲有著鐵屑的地面，接著微彎著膝蓋看著眼前每個都比她高大的男人們，露出了冷笑。

「小意思。」

□

「老大、老大！」

玖深砰地一聲撞上門板，引起了整間辦公室的視線。

「老大和佟他們出發要去抄製毒工廠了，你沒被叫到嗎？」裡面的員警看著蹲在地上揉臉的鑑識人員這樣問著。

「玖深他今天沒班啊。」旁邊有人這樣說道。

玖深立刻從地上跳起來，一手抓著手機，面目可怖地揪住了眼前的員警：「老大他們去哪裡的工廠？」

也被眼前的人嚇了一跳，收起笑鬧語氣的員警立即回答他：「郊區那邊，剛剛帶隊出去了，聽說還有向地方要求協助，看起來規模應該不小。」

「出去多久了？」玖深只差沒把眼前的員警給擰死。

「五分鐘左右，可能已經發車了。」

丟開那個同僚，根本不管其他人叫喊的玖深連滾帶爬地衝下樓梯，奔出大門之後，他只看見揚長而去的車陣，以及一大片送給他的車後灰。

「老大！快回來啦！」抓著手機，玖深拚命地跳腳，「出事了啦！」

「誰出事了？」

被突然傳來的聲音嚇了一大跳，他回過頭，看見正要離開的黎子泓。

「阿因，好像去找那個王兆唐了。」把手上的手機往檢察官的手邊一塞，玖深都快哭出來了，雖然明知道追不上，不過他還是追著那股灰塵衝出了分局門外，只希望那些車可以暫時停在附近的紅綠燈前。

握著手裡的那支手機，黎子泓仔細聽著另外那端傳來的聲音，幾秒後他的臉色也變了。

「怎了，玖深小朋友又被不科學的鬼追了嗎？」晚一點跟上來的嚴司甩著外套，看著難得慌張衝到門口的背影。

「快去發車。」將手機夾在耳邊，黎子泓推著還沒搞清楚狀況的法醫急促地催著。

「出了什麼事？」看見友人嚴肅的態度，知道可能狀況很嚴重的嚴司二話不說，立即往自己的停車處而去。

因爲腿傷沒辦法奔跑的黎子泓邊聽著手機那端的聲音，邊盡量快速往大門處移動。

還沒到時，一個巨大的煞車聲從外面傳來，接著是車子後頭跟著的不斷煞車聲，黎子泓走出去時只看見玖深愣在路旁，臉上的表情驚愕萬分，連叫都忘記了。

幸好不是學生和上班族的通勤時間，警局附近不遠處的紅綠燈前橫了一輛大型砂石車，不曉得是打滑還是酒駕，居然整台剛好橫在紅綠燈下，將路口完全堵起來，連後半段尚未跟上的警車也一併擋住。

其他線道的駕駛也全都目瞪口呆。

不過玖深嚇的不是這個。

他跑出去後正想喊住車子時，他很確定自己看到了某種東西攀附在砂石車的擋風玻璃上，那東西在出事之後還掉下了車子，站在馬路上竊竊地笑。

是個高中女生，但是在之前，那個女孩子應該已經死於高中那件案子裡才對……

他親手把那個女生的半顆頭從天花板弄出來。

太不科學了。

眞的是……太、太不科學。

他好害怕啊……

歪七扭八停在路邊的警車中有人打開了車門，帶著一臉怒意地瞪著砂石車，接著朝手中的無線電下命令：「你們跟著凱倫先去抄那間廟，我們隨後就到！」

從車上下來的是兩個長相完全一樣的雙生子。

玖深生平第一次這麼感動，接著也不管到底還有沒有不科學的東西了，含著一泡眼淚就朝那兩個人飛奔而去。

「老大、出事了啦！」

小海丟開手上已經彎曲的鐵棒。

「嘖，果然是中看不中用。」她用沾著血沫的靴子踢倒了一地的人，順便把弄髒她鞋子的液體抹在對方身上。

虞因的嘴巴張到不能再大了。

根本沒有受傷的小海得到了完全勝利，接著走過去扶起自己的野狼順便熄火，車底下的人已經暈了，腿上則有一大片燙傷。

過了好幾秒，虞因才回過神。連忙站起身後，虞因看見唯一還站著的王兆唐取出一把槍，直接抵在小聿的脖子上，「放開他，你要找的應該是我吧！」

王兆唐聳聳肩，「你們兩個後退，不然我就在少荻聿身上開個洞。」

盯著對方的動作，這次小海並沒有先發難，她看見虞因忌憚的神色，於是慢慢地往後退，兩個人在對方不斷逼迫下退到黑車邊。

接著黑車的司機走了出來，手上拿著一副連結著長長鐵鏈的手銬。

「一人銬一邊，不要隨便亂來。」王兆唐撇了撇唇看著兩個人，那個司機先單邊銬住了虞因的單手，接著鐵鏈穿過了車子後座裡的扶把，另端銬住了小海。

「幹！老娘最痛恨和別人弄在一起！他媽的第一次起碼要讓你老子銬才對啊！」瞪著手上銀亮的冰冷圈環，大老遠跑來救人的小海發出不滿的吼聲。

「拜託妳就別嫌棄了……」也不想被銬在一起的虞因無力了。今天如果來的是他老子，事情大概已經解決了吧？

「馬的，有空再去補銬。」看著鐵鏈的長度，小海估計頂多只能走兩、三步遠，接著就會被身旁的「障礙物」給牽制。

那個司機看著他們的表情有點抱歉，緊張地往後退開。

看著無法再自由活動的兩人，王兆唐的表情有點得意，握著槍的手也指向了他們，「多了一個人出乎我的意料之外，不過看起來也是個道上有名的女人，你們兩個一起作伴也算不無聊了——啊——」

王兆唐的話還沒說完，哀號聲直接取代了剛才的意氣風發。

他錯愕地轉過頭，正好看見方苡薰將手中的錐子從他背後拔出來的動作。

「壞人的話總是太多。」

甩掉錐子上的血，她將另外一手推了回去，接好脫臼的地方。

旁邊同時也掙脫繩索的小聿依樣畫葫蘆地把手也弄了回去，接著彎身從布鞋裡拿出藏在裡頭的美工刀，這是對方沒有搜到的地方。

按著劇痛的後背，根本不知道哪被刺傷的王兆唐只覺得身體異常地麻痛，持槍的那隻手不斷抽搐著，連槍都握不住了。

「喔喔，練習總算有用了。」方苡薰拋著尖錐，笑得很開心，「真沒浪費我們在圖書館的研究，就說那些醫學書一定有用。」

聽著他們的對話，虞因突然恍然大悟，難怪他總是看到小聿在讀奇怪的書，原來他是在背各部位的人體結構！

「可、可惡——」

方苡薰完全沒有任何畏懼，直接再往對方身上重重一刺，也不知道是刺到了哪個要害，王兆唐整個人立即摔倒在地，看來相當小的傷口卻血流如注。

看著倒在地上的人，小聿的表情沒有變化，一點一點地將美工刀片推了出來，然後彎下腰，往成年男人的腳踝一割，暗紅色的血液直接噴上了他的半張臉。

劇痛讓王兆唐嘶號起來。

「小聿！快住手！不可以殺人！」虞因往前跑了兩步，突然被手上銬著的手銬一扯，痛得齜牙咧嘴，硬生生停下腳步。

握著全是血的美工刀，小聿茫然地抬起頭看著他，紫色的眼眸裡什麼感情也沒有。

「爲什麼不能殺他？」同樣站直身體的方苡薰發出了疑問：「我最愛的人被阿聿的爸爸殺了，但是阿聿全家都是被這個人害死的，所以始作俑者是他，應該讓他死掉才對。」

「法律會——」

「法律不會還給我家。」

靜靜地，小聿看著他，細小的聲音在空間中卻格外地清晰：「他也不會死……只是販毒……很快就會出來……卻不用對很多壞掉的人和家負責……」

那是法律的灰色地帶。

不論怎樣讓人染上毒品，讓人如何淒慘，販毒者永遠只是在獄中大笑，出獄後數著鈔票繼續賣給下一個人。

他們不用對造成的傷害負責。

多少人因此而死，多少家庭因此遭到破壞，但是卻無法一筆一筆地算在這種人身上。

這樣很好玩嗎？

已經破碎的記憶不斷湧上。

這樣眞的很好玩嗎？

將他的家當作遊戲，像玩弄棋子般用那些香味綁住了家人。

但是他難以抹滅的恨意無法讓法律殺死這個人，甚至法律並不會給予他死亡的懲罰，在主張平等正義的法律下，這些人居然可以得到保護。

這樣眞的眞的很好玩嗎？

他寂寞的恨只能放在胸口中不斷沸騰，日復一日讓他不斷記起曾經屬於他的所有一切，那些笑聲、那些罵聲。

只要一次就好，但是他卻連一次的機會都沒有了。

但是法律卻平等對待這種人，加害者不會死，他們會被寬厚地原諒，直到出獄之後在世界上某一處繼續嘲笑著獨自舔傷的受害人。

死亡的人不再有機會了。

「所以，我要殺死他。」

轉過身，再也不看虞因，他怕自己眞的會停下手。和方苡薰約好了，他們兩個要一起殺死這個人，因爲他們愛的人都被這個人殺死。

美工刀在人體上重重地劃下，帶著暖意的血濺到他身上……他沒想到壞人的血也會這麼燙手，黏膩地沾在他的皮膚上，令人噁心。

但是他已經想著這個畫面很久了。

他知道自己已經是個上癮者，想要傷害人的慾望不斷，總在怒意到達極限時，拿著這把美工刀傷害自己。

有一次曾在高中裡被夏爸撞個正著……之後他就選擇一些平常人不會注意到的地方。這樣做，他才不會眞的傷害到他在意的其他人。

這一年來他眞的很開心，所以他不想害他們。

「少荻聿！你給我住手！不然我永遠都不會再理你了！」

看著面前恐怖的血腥畫面，無法去把兩人都拉開的虞因只能在原地，看著他們像是肉食動物般，不斷攻擊到手的獵物，紅色的血液沾染在少年和少女的身上，看來就像是另一個世界的光景。

「沒有布丁！沒有果凍！也沒有蛋糕了！以後你的甜點我都不給你了！連你最喜歡吃的我也不給！每餐都給你吃苦瓜茄子碗豆！飯後水果是榴槤和芭樂！你聽到沒有！」

「幹！你是在騙小孩啊！」被對方不斷扯痛手的小海白了他一眼。

無暇理會小海白眼的虞因跳著腳，很怕他們真的就這樣把人給殺死，「我真的會永遠不理你！如果你有當我是你哥的話就給我住手！哥哥講的話要聽！」

他看見小聿的動作停頓了一下。

在一旁的小海抓住了機會，立刻從地上撿起了她剛剛拿來砸人的安全帽，使出全身的力量就往方苡薰高舉的手拋了過去。

隨著不自然的聲音和少女痛呼倒地，正中手腕的方苡薰一臉痛苦地按著腫起的腕部，看來可能是骨折了。

「過來！小聿，過來這邊……」看著男孩的背影，虞因動了幾下，拉到傷口痛得倒抽了幾口氣，「你老哥我剛剛才被圍毆耶……你連過來幫我看傷口也沒有，太無情了吧……」

這個抱怨是真的，事實上他到現在全身都還在痛，剛剛的大吼大叫還牽動了傷口，痛得他快翻白眼了。

小聿的背影動了動，握著美工刀的手鬆了鬆，像是在猶豫著什麼。

「你做了果醬對吧，我回家的時候有聞到很甜的果醬味，但是為什麼我們現在要在這裡又痛又冷、還要幹這種無意義的事情？家裡的果醬不是你做給大家一起吃的嗎？我們一起回去吧，然後上網去訂奶酪和點心，配著果醬吃一定會很棒。」

虞因看著他似乎有了動搖的身影，慢慢坐了下來。身上有幾個地方還在出血，再加上昨晚的勞動，他現在整個眼冒金星，實在是站不住了。

「放下刀吧……」

如果他再不聽，他真的也沒辦法了。

美工刀落在血泊上。

慢慢地轉過頭，沾滿血色的蒼白面孔有一道水痕，透明的液體不斷從紫色的眼裡冒出。

虞因對他伸出手。

下一秒，他緊緊抱住衝進來的身體，「好乖好乖……」瘦弱的軀體不斷微微顫抖著，帶著微低的溫度和嗆鼻的血腥氣味。

他眞的已經習慣了兄弟的存在。

眞是讓人擔心的弟弟。

略抬起頭，小聿抓住他的手不客氣重重咬住他的手腕，力道之大，連虞因都痛叫了聲。

更正，是牙齒很利的弟弟。

算了，給他咬好過他又撲上去殺人。

看著牙齒間已經出血的皮膚，虞因單手拍著小聿的背，望著鐵皮屋頂吐了口氣。

他其實沒有什麼把握可以制止他的……

這樣他可以高興點嗎？畢竟小聿還是有將他們放在心上，不是之前自己感到的那種排斥……一想到心情就跟著變好起來。

「欸，你笑得很欠揍耶。」被咬還可以笑成這樣？這傢伙眞的怪怪的。站在旁邊的小海露出了鄙夷的表情，徹底鄙視這個連架都不會打的肉腳。

「少管我。」現在心情滿爽的虞因也不在乎手腕已經發麻了的劇痛。

過了幾秒，小聿才慢慢地移開自己的嘴巴。

「冷靜下來沒有？」看他也咬夠了，稍微猜得出來他是在發洩情緒的虞因摸摸他的頭，本來想說不夠再咬，不過皮肉痛的好像是他，還是算了。

縮著身體的少年慢慢地點了點頭，不敢把臉抬起來。

「太好了，我想玖深哥應該也差不多該找到我們了，先把我們的手弄開再說……」

「小心！」

小海猛然將兩個人撲倒在地上。

槍聲響起，打中的是縮在角落不敢上前的司機。

受了重創卻重新站起來的王兆唐又朝這邊開了兩槍，接著拖著一隻已經不能動的腿快速衝進了黑車的駕駛座中，急急地將車發動了起來。

事情幾乎就是發生在那瞬間。

高速向前衝的黑車在眨眼間撞破了已經很脆弱的鐵皮屋，拉著還銬在車邊的虞因和小海墜入了冰冷而黑暗的海潮中。

只是一剎那而已。

小聿看著空空蕩蕩的手，他再度觸碰到的溫暖只剩下餘溫。

腦袋一片空白。

這次，不可以再放手了。

如果那個時候，他也可以這樣緊緊地抱住爸爸就好了，如果可以做到，那麼他的家應該不會有這樣的下場……所以這次不可以再放手了。

他搖搖晃晃地站起身，越過了躺在另外一端的方苡薰，踏著滿地割人的鐵片向前走，什麼事情都沒有思考，只覺得嘴角還殘留著甘甜的血味。

黑色海水拍擊在水泥砌成的小堤岸邊，像在對他招手。

他似乎聽見警笛聲大作。

撞進鐵皮屋的警車乍然停下，好幾名員警從車裡跳了出來，後面跟著衝來私家跑車。

虞夏跳出車子時，只看見他家的小兒子站在岸邊，像是失去牽線的人偶一般，墜下了。

海浪吞噬人的聲音如此渺小。

□

他不是一個記憶力很好的人。

冰冷的海水無預警地包圍自己之後，一切的記憶卻清晰到不可思議。

尚未入夏的海水並不溫暖，那是難以形容的極度酷寒，一落水後手腳抽搐得無法伸展，像幾千萬根針般的海水不斷刺入身體，冰冷的手腳、嗆入海水後灼熱疼痛的胸口，衝擊力帶來的震盪讓他無法正確反應。

黑色的海水中，他看見上面有光。

身上插著鐵片的小海似乎早已失去意識。

恍惚中，那片光破開來了，有人墜下緊緊抱住他的身體，小小的溫暖被海水急速沖失。

不斷墜下的車子早已灌滿了水，大量的氣泡沖刷著他們。他看見想要從車裡逃出來的那個人面部扭曲，而從裡面伸出來無數黑色的手則不斷將他拉回駕駛座上，最後一顆小氣泡從那個人的肺部被擠壓出來後，他的眼睛開始翻白，再也不能掙扎。

他想把抓住自己的人推開，但是全身無力根本無法做到。

不可以死。

但是已經開始失去意識。

接下來他就像個旁觀者，身體慢慢地開始放鬆，他發現自己好像站在另一邊看著電影般，畫面一幕幕在他面前上演。

小海的身體不斷流出鮮血，生鏽的鐵片嵌在她的肩膀上，那麼凶惡的女孩雙眼緊閉，黑色的頭髮隨著海水起伏。

他們不斷地被車子往下扯。

失去控制的重物最終嵌入了海底的石堆裡，揚起了一陣沙土，黑色的東西一層層將車包覆了起來，密密麻麻中分不清楚是人的眼還是手，緊緊地裹住了車體，不斷地往裡面鑽入，將空間填滿。

接著傳來光亮的地方再度破了開來，兩個動作幾乎相同的人很快地潛到了最底層，然後拉著沉在海中的三個人，但是那個手銬鎖得死緊，怎樣都弄不開。

其中一人可能是火大了，不斷扯著後座的把手。他看得出來，臉上的表情顯示已經是極度憤怒的狀態了，如果平常在陸地上可能已經破口大罵。也不曉得是不是因爲他抓狂的力氣太大，還是其他原因，把手上的螺絲似乎開始鬆動，接著整個車窗的把手被扯掉，卡在裡面的鐵鏈也隨著海水漂了起來。

那兩個人扯著三人向上浮起，很快地衝出了水面，被其他人拉上去。

他就這樣站在旁邊看，有點意外被拉上去的其中一人有著和自己相同的面孔，那種感覺有點新鮮，但是那張臉太白了，死白的顏色。

「快叫救護車！」隨後跑過來的黎子泓脫下了外套蓋在那些人身上。

就算發著抖，那兩名雙生子依舊緊急地進行基本急救步驟。

小海是第一個醒過來的，咳了幾聲之後，水跟著從蒼白的嘴巴裡溢出，紅色的血染滿了她的衣服。

旁邊的法醫制止他人將鐵片拔出來的舉動，並要脅著全部人都把外套脫下來。

另外那兩個臉色蒼白的沒醒。

他轉過頭，突然看見角落那邊站著一個全身燒得焦黑扭曲的男人，筆直地看著這裡，嘴巴張張合地不知道在說些什麼。

突然有人拍了他一下，他往反方向看過去，看到一個年紀跟他差不多大的男孩子，爽朗地對他綻出笑容，「嗨，同學。」

很熟的面孔。

「嗨。」他回了聲招呼。

四周一下子安靜了下來。

那些現場的畫面跟著全部消失了，什麼人也沒有，安安靜靜的只剩下他們。

「還記得我嗎？」大男孩指著自己。

「嗯。」他點點頭。

彷彿很有默契似的，他們兩個一起轉過身，後面的背景是間相當普通的公寓，有個女人抱著男孩坐在外面的矮牆上。

熟悉的畫面，美麗的女人。

那女人曾經抱著他等著父親的歸來。

她說，她可能在某方面對不起他與他的父親，但是他們是她這輩子最愛的親人，無人可以取代，就像無法取代的家人。

站在這裡時，他突然想起了這件事。

「一直很想問你，看見這些東西會很痛苦嗎？」男孩搭著他的肩膀，手有點冰冷。

「……習慣了，很多時候會覺得有看見真好，如果沒有看到，應該也不會知道你是誰吧。」他微笑著，雖然每次都會被嚇到，但是回頭想想，幸好他可以幫上忙。

他不是什麼正義高潔的警察，不是什麼品德高尚的聖人，只是一個二十歲的死大學生，平常最愛吃喝玩樂。

一個平凡無奇的人。

一個只能做到自己看得見的事情的人。

但是，他眞的做過。

就算受傷、就算麻煩，那麼大的社會裡，他能做到只有他自己可以做到的事情，而且他很高興能夠幫上別人。

即使，遇見的不一定都是好的。

如果不是這樣，今天他也無法站在這裡帶回他弟弟吧？

女人抱著男孩，露出了幸福的微笑。

「將來，你要像爸爸一樣一直幫助別人喔。」她這樣說著，懷裡的男孩大聲說了聲好。

不成爲偉人、不是特別的人，只是能夠幫助人的人。

原來就是這樣，他才會天生好管閒事。

「眞的很謝謝你，打從心底的。」男孩按著他的肩膀，輕輕地將他往後推，「拜拜，虞因同學。」

這是最後一次見到這個人了。

「拜拜，陳永皓同學。」

□

睜開眼睛後，四周飄著淡淡消毒水的氣味。

身體似乎沒有之前那麼疼痛，反而是一種不可思議的輕鬆感。

他轉過頭，看見白色床邊趴著一顆黑色的頭顱，不符年齡的娃娃臉上有著憔悴的青痕，看起來似乎已經很久沒有好好休息了。

「大爸，會感冒喔……」

虛弱的聲音很輕，但是趴在旁邊休息的人卻像聽到雷聲一樣整個彈了起來，下一秒緊緊撲了過來抱住他。

「你以後不准去現場……！」

虞佟的聲音有點哽咽。

「唉呦……人在江湖……身不由己咩……」

虞因笑了。

「什麼身不由己……氣死我了你……」

在門外看著這幕的虞夏輕輕地將病房門關上，並沒有進去打擾他們。

「被圍毆的同學清醒了嗎？」站在旁邊的嚴司很好奇地想偷看，但是被一巴掌呼走。

虞夏給了對方一記少來礙事的凶惡眼神，然後拖著人往外離開。

已經兩天了，他哥現在終於可以放心休息。決定了，以後要好好鍛鍊虞因那個死小子，被圍毆就算了，居然掉到海裡還游不起來，從頭到尾缺乏訓練，老是讓他哥這麼擔心怎麼可以，起碼要把那死小子訓練成一人打三人的程度。

在事主沒看見的地方，雙生兄弟的另外一個擅自下定了決心。

因爲急救得當，小海並沒有生命危險。

但是她一醒來後聽到幫她做人工呼吸的是虞佟後，就整個人都開花了，當場告訴去探望她的虞佟說：「那個是老娘……我的初吻……」

身爲兄長的阿方和虞佟同時黑線了。

之後，凱倫他們在郊外的廟宇破獲了製香工廠。

廟公完全沒想到警方會突然找上門，來不及遮掩，當場讓警方發現後面的建築物就是王兆唐的藏身處，接著由住所進入地下室後，整片廟宇的下方都是製造工廠，當場逮個人贓俱獲，順利地抄了下來。

新聞台播報的全都是這件事。

被其他員警救上來的王兆唐已經斷氣了，但是死因並不是被尖器攻擊或溺水，他們將人拉上來時，發現屍體的脖子及身上全部都是手指的痕跡，有大有小，顏色黑得像是濃墨一般，全都掐住了王兆唐的脖子，連骨頭都被硬生生地擰斷。

這件事情呈報上去之後，上面便指示以衝撞海面意外暴斃死亡作爲結案。

只是，從那天之後，小聿就沒有清醒過了。

沒有外傷、沒有任何創傷，但是他就像是睡著了一樣，不再醒來。

滅門的案子消失在大量追蹤販毒案子的潮聲裡，對一年前案件已經失去興趣的媒體此刻只追逐著毒香工廠。

事件爆發後，記者、學者們不斷上節目分析著，還研究了一套什麼毒香自救法，要是不小心買到的話可以有幾個步驟先暫時救助自己。

結果也因爲這樣，消防隊這陣子老是接到一堆自稱可能吸到毒香的人要求救命，警方也接到一大堆電話要搞清楚他家的香有沒有問題。

整件事鬧得轟轟烈烈的，反而讓其他人可以暫時鬆口氣。

看著電視轉播，咬著巧克力棒的玖深換上實驗衣。事件還未完，身爲鑑識人員的他們回到崗位後還有一連串的事情必須處理，最後提交報告給其他人可以完全結案。

「玖深，你的文件資料已經出來了喔。」阿柳從實驗室裡探出頭對他喊了聲。

「來了。」

拿著剛出爐的新資料，這是剛開始時他們在試驗的一些小東西，當初是商請老大他們當實驗品幫忙的，資料裡也包含驗血報告和ＤＮＡ報告。

「老大的果然和阿佟的一樣。」翻閱著報告，他心情頗好地調出電腦資料。

因爲之前發生過很多事，這家人的許多檔案他都存在同個資料夾裡，常常被打到亂七八糟的虞因當然也被分析過，畢竟要把他的ＤＮＡ從一堆嫌疑犯裡頭挑出來，建檔是必要的。

誰教那小子是常客。

然後，玖深愣住了。

他以爲自己看見的是毫無相干的兩個人。

「有些事情只能夠當作永遠的祕密。」猛然一轉過頭，他看見站在後面的虞夏。

虞夏輕輕地橫過身，關閉了他的檔案，然後這樣告訴他：「我哥結過婚，有個親生的小孩，現在已經變成兩個了。」

看著空白的螢幕，玖深被動地點點頭。

祕密，只能永遠沉默下去。

於是他也選擇沉默。

永遠。

10

他醒來的時候，沉在水裡。

有雙溫暖的手摸著他的臉。

「小聿，說幾次不要在浴缸裡睡，會淹死的。」

有人將他拉出水裡，加大的浴缸都是暖暖的溫水，「你小時候很喜歡玩水，老爸才幫你弄了個大浴缸，可不是要你長大邊泡水邊淹死在裡面的。」

睜開眼睛時，看見的是溫柔的臉龐。

「有你喜歡吃的布丁喔，今天去接姊姊時在路上買回來的，起來頭髮吹一吹，衣服穿一穿，出來吃點心吧。」

看著熟悉的臉，他有點遲疑，話語梗在喉嚨裡，最後輕輕地吐出聲音：「爸爸……」

「怎麼了？」男人揉揉他的頭，「不要撒嬌，都這麼大了，每次都洗到被老爸從浴缸拉出來，羞羞臉啊。」

抓著男人的手，他將臉貼上寬厚的掌心，眼淚就這樣掉了出來。

這是他的……

「小聿乖，羞羞臉也沒關係啊，反正看你發育滿好的，老爸可以安心點，以後你一定會生很多孫子。」擦去對方的眼淚，男人輕輕地抱了抱他，「乖乖，快點出來吧，不然你哥跟你姊就會把東西都吃光喔。」

「好。」

男人出去之後，他從水中站起身，鏡子裡稍微蒼白的面孔上鑲著像是寶石般的紫色眼珠，映著光。

離開浴室後，兄姊在客廳裡打鬧。

沒有神壇，桌上放著他最喜歡的點心。

小時候父親經常買來引誘他們、騙小孩的東西，也因爲這樣，他們全家都很喜歡這種甜膩的東西。

赤著腳走進了廚房，媽媽正在準備著晚餐，一看見他進來就露出了微笑，「小聿去客廳吃點心啊，爸爸買回來的喔。」

「姊姊哥哥會留給我……」細小的聲音從嘴巴裡發出，不善言語的他也只能做到這樣。

「也是，哥哥姊姊對小聿很好的嘛。」母親笑著，忙碌地張羅手上的食材。

「我幫忙。」溜過母親身後，他看著已經快沸騰的鍋，熟練地把放在旁邊準備要下鍋的材料分別置入。

就像那天一樣。

他們歡歡喜喜地，幫全家準備那餐。

很豐盛的一餐，他與母親兩個人在廚房中一左一右地調理著最豐富的食物，每道菜色都發出不同的香味。

兄姊跑了進來，熱絡地幫忙將碗盤端出去。

男人走了進來，輕輕地在母親額邊吻了一下，所有小孩都發出很大「喔」的竊笑聲音。

那一餐他一直都記得。

他與母親挖空了心思，兩人合作無間地做出了記憶中最好的一頓飯。

熱騰騰的飯、香噴噴的菜，還有餐桌旁很多人嬉笑打鬧的聲音。

他坐在那裡看著所有人都吃得很滿足，父親一直吃著他做出來的菜，臉上充滿了笑意，頻頻稱讚好吃、很好吃，他家的小聿也有很好的廚藝，以後就不用怕跟老婆吵架沒飯吃了。

如同曇花一現的嚮往。

房子不再尖叫，那些聲音像是永遠消失般。

「小聿有個很好的哥哥。」

看著家人，他握緊了手掌，貪婪地將他們的臉全都看得清楚，永遠地烙印在心中，「還有很好的爸爸……」

眼淚一滴一滴地掉了下來，但是他只能笑著，「謝謝你們……」

眞的很謝謝你們是我的家人。

永遠都不會忘記的。

父親伸出手，摸著他的頭，「那很好、很好，我的小聿以後可以過得很好，爸爸可以放心了。」然後他挾了菜，放入他的碗裡，「小聿做的菜很好吃，以後你也要這樣煮給你的哥哥和爸爸吃，要做個乖孩子。」

這是最後一次了。

□

他清醒時，臉上全都是眼淚。

坐在旁邊的虞因靜靜地將衛生紙盒放在床邊，隨便他去擦。

悲哀的情緒久久不能停止。

過了很久，他抬頭看著旁邊的人，後者默默地倒了一杯茶水放上他的手，「是真的，你爸爸剛剛走了。」像知道他夢見什麼般，虞因輕輕地說著。

那個黑色的人離開了。

幾乎漫長得像不會停止的十幾天中，那個黑色的人影始終不曾走開，就這樣站在病床邊。

剛開始虞因還以爲是什麼東西，但是轉念一想，便完全明白了。

沒有任何惡意的黑影始終帶著淡淡的微笑，極其溫柔地注視著久久未醒的孩子，也不在意旁邊的虞因，就是那樣站著，直到剛剛才離去。

虞因知道那個人不會再回來了。

「阿柳哥在你家的花圃挖出了一個箱子，裡面的錄音資料是王兆唐當初逼迫你家賣房子還債，還有對你姊姊哥哥做的一些事情……好像都被你爸錄起來了，還有一些相關的罪證，這些都已經呈交給警方，另外這裡有一封信是留給你的。」虞因從旁邊的櫃子裡拿出摺好的信封遞給他，「我們都沒看，另外這條項鍊也是給你的。」

他拿出了當初被雙雙找到的紫色項鍊。

看著那封信，小聿抹了抹眼睛，「讀給我聽……好嗎？」

夾著留下來的信，虞因看著他的樣子，也只好點點頭，「如果不想聽的話可以隨時叫我停。」他打開了信封，看到裡面有幾張信紙。

「好。」

小聿點點頭。

拍拍他的肩膀，虞因打開了信件，將上面所寫的凌亂字體讀了出來——

給我的孩子：

或者你是發現這封信的人，這應該已經是我的遺書了，我只想傳達最後的事情，即使我希望看見的是我的小孩。

這輩子我做了一件好事和一件壞事。

好事是我擁有完美的家庭。

壞事是我親手破壞了家庭。

小聿，我最疼愛的小兒子，當你看到這封信的時候，老爸希望你正在一個好人家裡面。

老爸做了太多對不起你的事情。

你是我的兒子，我完全相信著……但是我卻懷疑你。

我想，你應該已經恨我恨到骨裡了。

對於你，老爸除了虧欠之外還是虧欠，我不敢再告訴別人自己最疼你，那麼多殘忍的事情都是我親手造成的，即使你恨我也無所謂。

現在的我已經完全無法擺脫那個人，我憎恨那些香，卻沒有辦法自制。

失敗的我需要很多藉口，我無法克制自己的行爲，只好全部發洩在你身上，每當你用那雙太過清澈的眼睛看著我時，我眞的感覺到很痛苦。無法盡到父親的責任，卻只能用恨你來讓自己輕鬆沉淪。

是的，我是個卑鄙的老爸，讓孩子痛苦來減輕我的罪惡。

我不敢說你是我的親生兒子，因爲一說出口我就不能告訴自己，我做的事情是正確的。

只是我從未懷疑，你的確就是我的孩子。

趁著腦袋還清晰時，我想寫在這裡。

你可以一直恨我，至少老爸還能在你心中。

我害死了全家，已經沒有人可以活下去了，這些香害死了我們。

但是小聿你不能死。

你是個很好的孩子，你應該好好活著去享受更好的東西。如果我們不在了，你就不用再忍受這種痛苦。

老爸眞的很愛你。

所以無法帶你一起下地獄。

你該有的是更好的家庭，然後好好走完人生。

老爸擁有的一切不會讓那個人拿走的，我將留給你，這是給你未來的成年禮，那條紫色的項鍊你要好好戴著。

代替我們，要勇敢地活下去。

最後老爸想跟你說的是……

你的眼睛眞的很漂亮，老爸很喜歡。

「他只有寫到這裡了。」

看著後面的幾張塗鴉，虞因小心翼翼地說著。那些塗鴉上是一些速寫，看得出來是房子和小孩的模樣，不過線條很凌亂，可能是在寫信同時一併畫下的，不知道當時寫信的人是怎樣的心情。

但是信上的筆跡幾度顫抖，有些已經被水模糊了，幾乎無法辨認字跡。

他不敢驚擾小聿，那張平常幾乎沒什麼表情的面孔現在都是淚水，那痛苦的神情讓他也很不忍心，他無法告訴他那個人應該是哭著寫下最後的留言。

只是小聿總會知道的。

「我弄錯了……」抓著冰冷的項鍊，小聿捂著臉痛哭了起來。

他一直以爲他的父親恨他恨得連死都不想讓他跟著全家一起……但是他搞錯了，他眞的搞錯了。

因爲太愛他了，所以捨不得他一起死。

這就是他們最後留下來要告訴他的事情。

嘆了口氣，虞因坐到床邊，抱著不斷顫抖的人，拍著他的背，「過去了……一切都過去了，以後就會過得很幸福的，一定會。」只有他過得越好，他在下面的家人才會越放心，直到有一天，就會重新再回來這個世界吧？

「嗯……」無法停止哭泣，小聿反手抱住身旁的人。

「醫生說你的身體只是有點虛弱而已，清醒後好好補補，過兩天就可以出院回家了。」不會安慰人，虞因只好低聲地說著其他的事情。

「嗯。」

「還有你那些果醬啊，也太多了吧，爲啥還有玫瑰果醬啊，我看拿一點去送小海好了，聽說她的傷勢也不輕，叫大爸拿去她會很高興的。」這次也因爲他們的關係害人家白白受傷，自家老爸賣一下色相應該沒關係吧？大概……

據說小海最近出院了，愛的熱情攻擊在初吻之後更爲熱烈，現在本人還會跑去警局送愛的便當。

「嗯。」

「你這次玩太大了，我有點不高興，處罰你一個月不准去吃點心屋。」看他在殺人真的好恐怖喔，後來方苡薰也被滕祈拖回家再教育了。

「嗯……」

「……你手上那條項鍊價值三百七十萬。」這是玖深找來專家鑑定的結果。

「……」

「我沒誆你。」

所以他弟現在正拿著一條三百七十萬的項鍊在抱他，眞是好昂貴的擁抱。

「……」

「……」

……

□

他從安靜的睡眠中睜開眼睛。

幽靜無聲的空間似乎連灰塵飄落的聲音都顯得明顯。

自窗簾中透進的微光在地上拉出了一條淡淡發亮的線，盡頭爬上了牆邊的小桌，映亮了擺在上頭的物品。

手機、項鍊和相框。

過年之後，他們全家挑了個時間去了一日遊的照片，有人因爲去鬧羊被羊追撞。

還有幾年前，他們一家五口漾著笑臉在一樣牧場時的相片，他的父親用著溫柔的笑臉抱著他們所有的人。

後來他在那本書的書衣中看見了這張被藏著的相片。

他已經不是從冰冷的水中醒來，也不是在吵嚷中沉睡，空氣中沒有詭異的甘甜氣味，胸口不會無時無刻漲滿了幾乎爆裂出來的情緒。

醒來的時候，心情是輕鬆的。

窗外有著淡淡的香氣隨風傳了進來，慢慢地讓他清醒。

他跳下了床，今天睡得比平常晚了一點，走出房門之後樓下已經有電視的聲音了，經過廚房時，大爸笑吟吟地拿了杯早晨飲料給他。

他看見哥哥坐在沙發上看電影台，偶爾會跳台看一下晨間新聞。

於是他靠了上去，坐在沙發另外一端，貼在身旁人的背上。

「一大早就在撒嬌，今大也沒用，爲了處罰你上次的事情，你一個月不可以出去外面吃點心屋。」

盤腿坐在沙發上的虞因無視於背後的無言攻擊，很堅持地維持自己的懲罰原則。而且其實他讓步很多了，沒出去吃，還是經常上網買回來，只是這小子很愛吃到飽點心屋，現在連滾背後這種招式都來了。

「去啦。」

「不去！」

「去啦……」

「別想！」距離一個月還有十四天又十六小時，他才不會因爲這樣就破功。

「哥……」

正在喝飲料的虞因一口噴了出來。

這招好陰險啊！

「這……我考慮考慮……」可惡，也來得太突然了，因爲想要吃點心屋就可以直擊他的要害嗎？

寧願平常叫他阿因，只爲一個點心屋甘願改口叫他哥嗎？

晨間新聞報播著某工業區發生化學爆炸，引起熊熊烈火。

他看著畫面上的火焰。

小聿醒來的那天，那棟尖叫的少荻家夜裡突然發生大火，雖然沒人住，但是屋裡還是充滿了易燃物，火勢凶猛難以撲滅，整整燒了一天一夜，最後整棟房子被燒得乾乾淨淨，什麼也沒有留下來。

後來火場鑑識官告訴他們，起火點應該是在玄關。

當年有人自焚的那個玄關。

但是他們找不到起火原因，最後以意外結案。

他問過小聿，小聿說沒關係，那棟房子已經不會再留有什麼遺憾了，今後他的家就在這裡，焦黑的土地會成爲過去，但是他不會忘記在那裡出生與生活的任何事情。

帶著那些心碎的記憶，他會過得非常好，與新的家人一起永遠過著新的生活。

因爲他好，他的家人才會更好。

虞因淡淡地嘆了口氣，擦了擦自己噴出去的飲料，「算了，今天放學後我們去吃吧，剛好約小班長一起去，之前向他借錢的事情都還沒好好謝謝他。」

他這一路上得到很多人……好吧，還有可能不是人的幫助。

事件過後，有天虞因突然驚悚地發現自己不跳針了，現在什麼都看得清清楚楚，不過習慣之後倒也沒什麼感覺了。

「謝謝哥。」

小聿露出了笑容。

雖然很淡，但是是他眞正快樂的笑。

以後，一直都會這樣吧。

在準備好餐點後，全家人一起享用早餐。

他在玄關幫他們提著背包和公事包，幾個大人快速地準備好，該上班的上班、該上課的上課，每個人都朝向不同的地點出發，但是最後還是會再回到家裡來。

「小聿在家要乖，無聊可以去找阿司他們玩。」虞佟揉揉他的頭，交代著。

「記得上網去看一下你想吃的店家。」

他站在門口，朝他們揮手。

「大家路上小心。」

今後，他將會過得很好。

□

「結果林雅晴是怎麼死的？」

等待著屍體解凍時，嚴司泡了可可遞給來訪的友人。

像是所有事情都落幕了，卻又好像哪邊有個問題還未被解開。他看著友人，早早已經遞上去的驗屍報告說明了死因，但是似乎這部分還未結案。

「被殺死的，你不是知道嗎？」黎子泓冷淡地看了他一眼，然後打開筆電準備處理其他公文。

「廢話，我當然知道，但是爲什麼會在那邊被殺死咧？」根據那個小女孩所說的，她只知道是個男的殺死林雅晴，不過到底爲什麼被殺死，他不曉得。

黎子泓呼了口氣，端過了溫熱的飲料，「這是依據玖深提供的報告所做的推測……現場發現的男子鞋印後來證實和王兆唐的鞋印一致，刀上有他的指紋，林雅晴死前有抓過對方，指甲中有王兆唐的ＤＮＡ，調出來的通聯記錄證實兩人確實相約在那邊見面，當時殺死她的人應該是王兆唐無誤。」

翻開了玖深的整體調查，那棟屋子裡有很多腳印，有深有淺，有的被警方踩壞了，有的保存著。他搞了兩天才把所有腳印都弄出來，發現了當初林雅晴在屋子中徘徊了幾圈，其中在二樓翻找過東西、留下了指印，接著上了三樓等待。

後來王兆唐準確無誤地上了三樓，兩人在那邊起了爭執，林雅晴被殺死。

「林雅晴的銀行存款被提領一空，比對了現場幾張鈔票的號碼，是她提出金額中其中一小部分。我們認爲她可能因爲香的關係和王兆唐有金錢上的糾紛，那筆錢最後在王兆唐名下的帳戶被找到……我是這樣想的，林雅晴可能想帶著這筆錢遠走高飛不再做賣香人，當時王兆唐就在附近的沈淑寧那邊，兩個人約到少荻家說這件事。王兆唐本身有很強烈的佔有慾，當時聽到林雅晴拒絕他，很可能憤而行凶，但是這只是個人推測。」

隨著兩人的死亡，眞相將永遠被埋藏在無言之中。

黎子泓思考著，也只能如此結案了。

但是似乎有什麼牽引，那個藏有屍體的房間居然就是少荻聿原本在那個家中所擁有的房間，裡面的東西幾乎全被丟棄了才會如此空曠。

他們不明白房間爲什麼會全被貼上了黑紙，也不知道爲什麼死者會選在那裡談判。

這些也都問不出來了。

「原來是這樣。」嚴司坐在旁邊的椅子，轉了兩圈，「我一直很好奇，到底爲什麼你會突然請調到這個地方，我記得你當初的工作好像離家比較近吧？」他的這個前室友來得太突然，照理來說他的工作應該比較不容易變動。

後來他問過朋友，才知道這傢伙是主動請調的。

但是他不懂爲什麼。

「……因爲王釋凱。」

「誰？」有點陌生但是好像又在哪邊聽過這名字，嚴司抓抓腦袋。

「我以前所屬的地區，有位叫作王釋凱的員警，他在追查一起毒品案件，後來等我知道時，他已經因公殉職了。當初允許他去查的人就是我，我簽下了申請公文，沒幾天他的遺體就被發現了。」抹了一把臉，黎子泓一直都記得這件事，「當時涉案嫌疑犯就是王兆唐，但是因爲沒有任何證據，只好放走他。」

於是當他知道這裡有王鴻的事件後，他就請調了。

在冥冥之中似乎有什麼正在牽引他往這邊走，來到之後就接手了少荻家的案子，之後就開始與這幫人糾纏不清了。

工作上來說，其實也混得太靠近了些。

只是，他也不怎樣討厭就是了。

「原來如此，一切謎底都解開了！」嚴司給了他一個拇指。他就說嘛，這個其實很愛在固定地點工作的傢伙怎麼會突然請調，還這麼多管閒事地去幫虞因他們。

笑了笑，黎子泓繼續看著自己的電腦。

一件終結，卻代表會有更多案件開始。

他們的工作不會停止，日復一日，停止又繼續。

「對了，你今天為啥又跑來我這裡處理公文啊？我這裡好像叫作法醫工作室，不是大檢察官的辦公室耶？」

「……上面又來巡察了。」以為他真的很喜歡到這裡嗎？他也是沒得選擇才過來的，「我請同事告訴巡察的，我今天會在這邊和法醫討論檢驗報告。」

「哇哇！這裡不是你的避風港吧！」

「下班之後請你吃晚餐。」

「……火鍋吃到飽喔！」他會選高級的那種，貴給他死。

「沒問題。」

「一太，聽說你要繼續讀完嗎？」

上課之後，虞因在走廊轉角處遇到了那個讓他一直掛心的人。

一太點點頭，露出了一如往常的淡淡微笑，「因爲和家人溝通過了，後來也沒什麼大礙，就直接讀到完吧。」

旁邊的阿方按著頭，一臉很無奈的表情。

後來，虞因終於搞清楚是怎麼回事了。

據說眼睛不好的一太每次去醫院都檢查不出個所以然是因爲……不管視力測驗、顏色測驗還有一堆亂七八糟的測驗，他都很要命地靠直覺猜中，結果醫院完全驗不出來他有什麼問題，不管去哪個醫院都一樣。

阿方挫敗了。

後來小海介紹他們去的那間好像是什麼私人民俗診所，也不知道是什麼原因，對方居然讓一太的視力暫時維持得勉勉強強。

這讓虞因稍微安心下來。

「欸啊？你看起來心情好像很輕鬆，我們不在的這段時間麻煩應該都解決了吧。」那個麻煩人物微笑地拍拍他的肩膀，「不過我想你最近要注意一下你的功課了，因爲總感覺你這次會被當掉，暑假要參加輔導。」

「……拜託請告訴我可以消災解厄的辦法。」虞因馬上暈了。

要死，如果被他老爸知道要暑輔，他還不被輪流掐死！

「就……期中全及格應該就可以過關了吧，不過只是我的感覺，你不用太相信啦。」百說百中的一太很委婉地告訴對方。

「我一定會相信的！」糟糕，看來要快點去跟同學借考試範圍的筆記。

跟兩個人道別後，虞因開始有點想去撞牆了。

就說他蹺課蹺太多遲早會完蛋，現在現世報眞的來了……看來只好使出最終絕招，不擅長的英數叫小聿教他好了。

雖然很沒面子，但是這是最終手段。

握拳，虞因開始想要怎樣去拐騙小孩。

「呦，阿因大哥哥，一大早站在這裡幹啥啊……」

一轉過頭，虞因反射性地給了女性友人一記白眼，之後他才看到女人後面有個不認識的男生，斯斯文文的、好像很多錢那種。

這判斷來自於對方身上的名牌。

李臨玥笑了一下，把那個男的先遣走，「最近新釣的，不過他也只是玩玩，剛好最近有人可以接送上下學。」

他們搭肩走著。

從小到大，不是什麼男女之情，他們是可以一起對砸垃圾的好夥伴。

「男朋友一直換，當心眞的玩出問題。」雖然他知道友人很潔身自愛，不過換男友的速度快到簡直像是在換衣服，這讓虞因擔心她眞的有一天會吃虧。

「安啦，我很節制。」撥著黑亮美麗的長髮，李臨玥微笑著，「如果不小心搞出人命，對方也要是個會照顧小孩的好爸爸才行。」

「現在很少吧，會玩的男生不一定是好爸爸啊。」看著旁邊漂亮得讓許多男生傾慕的面孔，多年來還是只將對方當好朋友的虞因跟著笑道。

他們就是這樣的關係。

女性美得讓人屏息，多少人願意爲她做任何事情，但是那裡面不包括他。

「那如果那天眞的有了，你要救我嗎？」李臨玥笑容加深了，「看來看去，也只有阿因大哥哥我比較放心啊……」

「拜託妳眼光好一點。」

虞因拍拍女性的肩膀，就像哥兒們一樣，「不過身爲死黨，如果妳哪天眞的被不負責任的人搞出人命，我可以勉爲其難地伸出小拇指救妳。」

「約定了喔，乾爹大哥哥。」

於是，他的生活逐漸回到了軌道上。

看著開始開花的矮樹群，虞因目送著先一步消失在走廊轉角的女性友人。

他笑了笑，眞的感到很輕鬆了。

下一個轉角，一雙灰色的眼睛突然對上他，完全陌生的奇怪女孩就站在他面前，胸口處是大片血跡。

黑色的血滴在走廊上，冰冷的氣息從他耳邊颳過。

或許回到軌道上吧？

……大概？

「拜託不要再來了！我會被當掉啊——！」

《全書完》

後記

終於又到了完結的時候了。

說起來，從開始到現在其實也邁進第三年了，這段時間非常感謝蓋亞文化給予我這個機會可以完成因與聿的故事。

其實我本身很少看小說，所以剛開始並不曉得蓋亞文化爲何方神聖，只是看到網路上寫說蓋亞有收這方向的故事就傻傻地投稿了，當收到過稿通知時被朋友告知，才知道這家出版社裡面住滿了厲害的作者。

當下心情眞的很想去撞牆。

初時到現在都還是個小小作者，沒想到開始製作書籍時，編輯排了很厲害的畫家繪製封面，更讓我一整個想去撞牆再撞牆。

就這樣悶頭開始跑到現在也有一段時間了，回首當年……其實我到現在還是想找牆。

相當感謝辛苦的編輯和常常被我拖延到時間、但是每次都帶來漂亮封面的畫家，不好意思因為我不固定的交稿時間和常拖稿，讓你們相當費心（或是想捏死我）。

還有總是在旁邊支持的家人。

因與聿的故事本身相當平凡，架構本身是以「誰都可以看」、「不驚悚不嚇人」為主要訴求。起因是身旁的朋友害怕看鬼故事，但是總是會有好奇和想看的時候，我便因此採用了這種很不討好的要求作為本系列的指標。

希望連害怕鬼故事的朋友也能夠閱讀。

雖然朋友最後還是逃走了……

有趣的是在寫較貼近現實的故事時，常常會碰到故事中曾出現的職業的工作者。

雖然我努力想要讓職業的描述合理化，不過本身和親友不是在相關單位工作且資料取得有限，依靠自己所知和詢問還是會有很多與現實不太一樣的地方。

本文最大助力該為我的榮譽娘親，因為碰到苦惱的問題時，她甚至會幫忙跑去抓巡邏員警釐清問題點（對不起可能有嚇到人），雖然對方告訴我們可以去找相關部門詢問取材，但是可恥的我到現在都不敢去……

後來陸續在部落格中認識了好幾位警察大人和醫療相關工作者，他們熱心的指教讓我受益良多，在我問奇怪問題時也總是不厭其煩地回答我，藉此讓我多了解了職業辛苦和危險。現在看到相關新聞時，我也會擔心所認識朋友的安全。

在此感謝您們，工作辛苦了，執勤之餘也請注意身體健康與安全。

希望不管是任何職業的工作者都能平平安安地到家。

在寫文中其實常會聽到很多讀者的反應，希望能它更恐怖之類的，我也明白市場上的需求，所以一度感到有點爲難，而且也動搖想要改變模式。

從開始到現在的友人商在我迷惑時告訴了我重要的事情，於是最後我決定不更動，繼續按照我原本的方式寫下去，也感謝出版社的包容。

雖然它一點都不恐怖、雖然它一點都沒有市場要求的大方向。

但是看見很多讀者來信說終於可以看到適合他們和小孩看的靈異故事時，我想我的選擇應該沒有錯。

我期望自己能夠寫出不管是什麼年齡都能輕鬆閱讀的故事。

如果在閱讀本系列時，能夠讓您在娛樂消遣中有所斬獲，就是我的最佳榮幸。

我是護玄。

感謝您正在翻閱這個故事。

希望下一個故事中我們依然能夠相遇。

書籍發行時間於農曆除夕前，在此先祝各位朋友新年快樂，虎年行大運、財源滾滾來。

最重要的是，每個人都能快快樂樂平平安安的回家。

【因與聿小劇場】

護玄　繪

完結抗議

聿、天敵

聿很喜歡點心類，特別是布丁果凍等。

偶爾也會自己做

對於厭惡的東西——

〜晚餐〜
碗豆肉醬義大利麵 ♡

因為表現太明確了，所以常常被阿因耍著玩。

被咬到偶爾會復仇→

兄長的絕招

因、未來

終於所有事情都告一段落了。

一想到未來生活不用再無時不刻的爆血……

咬。

發洩終了。

這就是未來生活

夏、揞力

因為工作方便，兩兄弟偶爾會相互假扮。
出任務↓
大多時候去被長官罵的都是盧佟。
囉唆！
但是這樣夏怎麼會知道長官要求的問題？
我回來了。
一字不漏的罵回去。
…

雙胞胎不為人知的銜揞方式

佟、追求者

……
你好？
條杯杯～～你有收到了嗎？
那是我弄來的新貨喔！
小弟說很適合送你這種條子
妳小弟應該蠻恨警察的吧？
變成999朵菊花
唔？

其實小弟告訴她：菊花＝君子

嚴司、原則

法醫嚴司的生活態度就是追求個人品質。

固定的存錢量
能力範圍的花用

這也常常讓人誤認為他很閒。

學長今天請客好嗎？

我、我突然想到還有事……

不過因為我上邊有些事，你可能要跟我去○○○然後做些×××再——

好啊

滔滔不絕

誰啊？

問路的，我倆去吃飯吧～

我請客

♪～

很有個人原則

黎子泓、興趣

檢察官黎子泓平日最大的樂趣就是回家打電玩。

其實很宅→

到家。

不速之客→

呦！歡迎回家！

也就因此私人住所常常變成遊樂場（？）

有備份鑰匙的人真多

想玩新的……

不過本人並不排斥

一太、日常　　　　　　　玖深、極限到達

阿方你可以不用一直跟在我旁邊啊。

而且你一直只注意我的話，

你在寫什麼那麼認真？

小海會在你不知道的時候去把別人霸王硬上弓喔。

請調書。

眼玩笑的
完全相信了

咦!?
我要請求調出這個靈異部門！
並沒有這種部門

國家圖書館出版品預行編目資料

終結／護玄 著.——初版.——台北市：
蓋亞文化，2010.02
面；公分.（因與聿案簿錄；8）
ISBN 978-986-6473-68-5（平裝）

857.7 99000510

悅讀館 RE128

因與聿案簿錄 八

終結

作者／護玄
插畫／AKRU
封面設計／克里斯
出版社／蓋亞文化有限公司
地址◎ 台北市103承德路二段75巷35號1樓
電話◎（02）25585438 傳眞◎（02）25585439
部落格◎ gaeabooks.pixnet.net/blog
臉書◎ www.facebook.com/Gaeabooks
電子信箱◎ gaea@gaeabooks.com.tw
投稿信箱◎ editor@gaeabooks.com.tw
郵撥帳號◎ 19769541 戶名：蓋亞文化有限公司
法律顧問／宇達經貿法律事務所
總經銷／聯合發行股份有限公司
地址◎ 新北市新店區寶橋路二三五巷六弄六號二樓
電話◎（02）29178022 傳眞◎（02）29156275
港澳地區／一代匯集
地址◎ 九龍旺角塘尾道64號龍駒企業大廈10樓B&D室
電話◎（852）2783-8102 傳眞◎（852）2396-0050
初版十二刷／2021年10月
定價／新台幣 240 元
Printed in Taiwan

GAEA
ISBN／978-986-6473-68-5

終結 しゅうけつ。

蓋亞文化　讀者迴響

感謝您在茫茫書海中選擇了蓋亞，您的支持是我們最大的動力。
不要缺席喔，讓我們一起乘著夢想的羽翼，穿越時空遨遊天地！

姓名：　　性別：□男□女　　出生日期：　年　月　日
聯絡電話：　　手機：
學歷：□小學□國中□高中□大學□研究所　　職業：
E-mail：　　（請正確填寫）
通訊地址：□□□
本書購自：　　縣市　　書店
何處得知本書消息：□逛書店□親友推薦□DM廣告□網路□雜誌報導
是否購買過蓋亞其他書籍：□是，書名：　　□否，首次購買
購買本書的動機是：□封面很吸引人□書名取得很讚□喜歡作者□價格便宜□其他
是否參加過蓋亞所舉辦的活動： □有，參加過　　場　　□無，因爲
喜歡出版社製作什麼樣的贈品： □書卡□文具用品□衣服□作者簽名□海報□無所謂□其他：
您對本書的意見： ◎內容／□滿意□尚可□待改進　　◎編輯／□滿意□尚可□待改進 ◎封面設計／□滿意□尚可□待改進　◎定價／□滿意□尚可□待改進
推薦好友，讓他們一起分享出版訊息，享有購書優惠 1.姓名：　　e-mail： 2.姓名：　　e-mail：
其他建議：

廣告回信 郵資免付
台北郵局登記證
台北廣字第00675號

TO：蓋亞文化有限公司 收

103 台北市承德路二段75巷35號1樓